中公文庫

# とせい

今野　敏



中央公論新社

目次

とせい

# 1

「追い込みの仕事、頼めないですかね？」

ガードのそばにある古い喫茶店で、丸橋が言った。丸橋は、いわゆる闇金をやっている。五十がらみのやけにせかせかした男だ。

こいつと会っていると、こっちまで落ち着かない気分になる。

日村誠司はそんなことを考えながら、こたえた。

「いいですよ。詳しい話、聞かせてもらいましょう」

ヤクザが闇金から追い込みを頼まれるのは珍しいことではない。大切なシノギの一つだ。

日村誠司は、阿岐本組の代貸、つまりナンバーツーだ。

話は十五分で済んだ。相手は荻原精密加工という小さな町工場のオヤジだ。景気が持ち直したなどとマスコミは言ってはいるが、まだまだ零細企業は経営の苦しさにあえいでいる。でなければ、丸橋のようなやつから金など借りはしない。

そのオヤジも災難だが、日村もシノギとなれば同情もしていられない。

阿岐本組は、若い衆を四人かかえている。所帯は小さいが、それなりに金は必要だ。

「暴対法以来、追い込みなんかをやってくれるところがなかなか見つからなくてね……。ほら、指定団体なんかになっちまうと、ちょっと脅しただけでもパクられるでしょう」

丸橋は、せかせかと常に体のどこかを動かしながら言った。

たしかに丸橋の言うとおり、暴対法ができて以来、ヤクザのシノギはどんどんきつくなっている。

だが、暴対法より切実なのは、バブル崩壊後の不景気だった。

ヤクザは素人さんのカスリで生きている。素人が不景気になれば、ヤクザに回ってくる金も当然少なくなる。稼業がどんどん苦しくなるわけだ。

せわしない丸橋と向かい合っているのがつらくなり、日村は早々に喫茶店を出た。ガード下に回転寿司屋や焼き鳥屋が並んでいる。ホルモン焼きの店もある。

まだ昼間とあって、開いているのは回転寿司屋くらいなものだ。焼き鳥屋もホルモン焼き屋も開店準備の時間だろう。

道を挟んで、回転寿司屋の向かいには小さな花屋がある。そのとなりは、最近都内に増えつつあるうどん屋のチェーン店だ。

さらにそのとなりは、居酒屋でその向こうには中華料理屋がある。

どれも小さな店だ。たいして儲けているとは思えない。いちおうこのあたりは、阿岐本組の縄張りだが、とても満足なミカジメを取れるような店などない。

焼き鳥屋のオヤジが炭をおこすために、店先に出てきた。日村に気づくと、笑顔になり会釈してきた。

日村は、立ち止まり深々と礼をした。組長の阿岐本雄蔵（ゆうぞう）には若い頃に厳しく教育された。ヤクザ者は、縄張り内の素人衆のおかげで生活できている。だから、素人衆には丁寧に接しなければならない。

そして、昔からヤクザというのは地域の人々に信用されてこそ、稼業が成り立つのだ。地域の人といざこざを起こしているようでは半人前だ。素人衆に信用されてこそ、一人前の親分なのだ。それが、阿岐本の持論だ。

信用があるから素人衆は相談事を持ち込む。ヤクザの仕事の大半は揉（も）め事の調停だ。金で片をつけさせて、その上前をいただくわけだ。

今時、流行（はや）らない話だ。暴対法対策で、企業舎弟やフロント企業など作って生き残りに必死な指定団体の連中が聞いたら、鼻で笑いそうだ。

だが、日村は阿岐本のそういうところが好きだった。だからこそ、これまで阿岐本に付き従ってきたのだ。この稼業は損得ではつとまらないと、日村は思う。

「親分さん、元気ですか？」

焼き鳥屋のオヤジが声をかけてくる。

「おかげさんで……。どうですか、商売のほうは……」

「ぱっとしねえですねえ。こう景気が悪いとねえ……」

もう聞き飽きた台詞（せりふ）だ。だが、これが実感なのだろう。

日村はもう一度礼をして、焼き鳥屋の前を通り過ぎた。阿岐本組は、ガード脇の飲食店街を通り抜けて細い路地の突き当たりにある。

狭い敷地に建てられた細長い四階建ての小さなビルの一階が組事務所になっている。表には、代紋入りの控えめな看板がかかっている。

二階から上が住居になっており、若い衆は、みんなここに住み込んでいる。

かつては日村もここに世話になっていたが、今は近くのアパートに一人暮らしだ。

日村が戻ると、二人の若い衆がさっと立ち上がり、「ごくろうさんです」と挨拶をした。

市村徹（いちむらとおる）と二之宮稔（にのみやみのる）だ。

市村徹は、テツと呼ばれている。部屋住みで坊主刈りにしているが、分厚い近眼用の眼鏡をかけており、とても組員には見えない。

小学生の頃に両親が離婚。母親とともに暮らしていたが、母親が中学のときに再婚した。新しい父親とは折り合いが悪く、テツは引きこもりになった。

ほとんど部屋から出ることがなく、学校も休みがちになった。そのときに、パソコンに熱中したという。

暗い情熱をパソコンとネットの世界に注ぎ込んだ。ついには、いっぱしのハッカーとなり、政府のコンピュータに侵入した。それが発覚してテツは補導された。

日村はパソコンのことなど何もわからないが、こういうやつが組にいると何かと便利ではないかと思い、人を介してテツに会い、よかったら組に顔を出せと言った。

テツはすぐに阿岐本組を訪ねてきて今に至っている。

二之宮稔は、暴走族に属していた。ヤンチャの限りを尽くしたが、暴走族が解散し、ふらふらしているところを、阿岐本組長に拾われた。

組にやってきた当初は、若い衆の中でも一番の跳ねっ返りで、すぐに喧嘩腰になった。日村も手を焼いたが、不思議なことに、あるときから急におとなしくなった。

弱い犬ほどよく吠えるというのは本当のことで、稔は自分の弱さを自覚していなかったのだ。認めるのが怖かったに違いない。

稔は、気づいたのだ。弱さを認めることは、決して恥ずかしいことではないと。もともと頭の悪いやつではない。

稔も、髪を短く刈っており、いつもだいたい黒いジャージを着ている。

日村も髪は角刈りにしている。髪を短くするのは、喧嘩の際に髪をつかまれないための用心だ。

「オヤジ、いるか?」

日村は二人に尋ねた。

稔がこたえた。

「はい。上の部屋におられます」

日村は、うなずくと狭い階段を昇り、四階までやってきた。マンションのような部屋になっている。鉄製のドアの脇にインターホンがあった。

日村はインターホンのボタンを押して返事を待った。

「誰だ？」

「日村です。ちょっといいですか」

「おう、へえんな」

ドアを開けるとそこは広いリビングルームになっている。大きな革張りのソファセットがあり、テレビやらオーディオセットやらがある。

洋風の部屋だが、一方の壁に巨大な神棚があり、その脇には提灯(ちょうちん)が並んでいた。違和感がある。

三人掛けのソファの真ん中に、阿岐本雄蔵組長がデンと構えていた。

赤ら顔で人のよさそうな老人に見える。髪が薄くなってきた頃に、潔(いさぎよ)くきれいに剃ってしまった。だから、坊さんのようだった。

背は低く、小太りだ。

日村は、絨毯(じゅうたん)に正座した。

「いいから、こっちきて座んな」

「失礼します」

一礼して、ソファまで進み、浅く腰を下ろす。

「丸橋さんから、追い込みの依頼がありました」

阿岐本は、溜め息をついて顔をしかめた。

「借金の取り立てか……。相手は？」

「町工場の経営者だそうで……」

「いくらだ？」

「三百万です」

「うちの取り分は？」

「五十万です」

「やめときな」

「は……？」

「追い込みってことは、その町工場を丸裸にしちまうんだろう？　その人だって、借りたくて丸橋なんぞから借りたわけじゃねえだろう。素人衆を泣かすようなまねしちゃ、阿岐本組は終わりだ」

　日村は言葉を呑んだ。

　反論したいのはやまやまだ。だが、この稼業で子が親に意見するわけにはいかない。昔から、親が白と言えば、黒いものも白なのだといわれている。

「わかりました」

「しかしまあ、丸橋も困ってるんだろうな。あいつだって、慈善事業で金を貸しているわけじゃねえ。闇金に金を借りるやつなんざ、半分は踏み倒す気でいやがるからな……」

　阿岐本組長は、腕を組んで考え込む恰好をした。実は何も考えていないことは、日村にはわかりきっていた。

そのほうがありがたい。オヤジに妙なことを考えられると、あとあと面倒だ。

組長の考えるふりは、実はおまえ、何とかしろという合図なのだ。

追い込みなんぞやめておけと言いながら、あとは何とかしろという。理不尽だが、文句は言えない。

「間に入って何とかやってみます」

日村はそう言った。

「そうか」

組長は、赤ら顔をにやりと歪めた。「まあ、おまえに任せる」

日村は一礼して退出しようとした。

「ちょっと待て、こっちからも話があったんだ」

「何でしょう」

「永神(ながかみ)の兄弟、覚えているな」

「もちろんです」

阿岐本組長は、若い頃に多くの人たちと兄弟の盃(さかずき)を交わしている。その中には、広域暴力団といわれている組織のトップも少なくない。

永神というのは、ある広域団体の二次組織の組長だった。

「あいつんとこで、債権のとりまとめをやって、会社一つ手に入れたってんだが、その後の始末で困っていてな……」

　日村は眉をひそめた。

　永神の組といえば、そこそこの大組織だ。倒産しそうな会社にあの手この手でつてを作り、筆頭債権者と交渉をし、ほかの債権者がぐずぐずしているうちに、主導権を握る。ヤクザのシノギの一つだが、手に入れて始末に困る債権などあるはずもない。

「その会社ってのが、出版社でさ。出版社ってのは、取次との関係があってなかなか面倒らしい。商品も再販制とかで価格が保証されていて、なんだか普通の会社と違い、つぶすのがもったいねえんだそうだ」

　しまった……。

　日村は思った。

　また、組長の病気が始まった。

　阿岐本は、思いつきを実行に移さずにはいられない。典型的なB型なのだ。そして、文化人に憧れている。いつか自分も文化人と呼ばれたいと密かに願っているのだ。

　ヤクザなんぞ、日陰の身だ。若い連中には堂々とお天道様を拝める仕事をさせてやりたい。それが、阿岐本の口癖だが、何のことはない。会社の社長連中が、ライオンズ・クラブやロータリー・クラブに入りたがるのと大差ないのだ。

　出版社と聞いて、阿岐本組長が放っておくはずがない。

「それで、どうなさるおつもりで……」

日村は用心深く尋ねた。

「永神も、つぶすのはもったいない、さりとて、つぶさなければ損切りもできない、どうしたもんかと悩んでいたわけだ。それで、俺のところに話が来た」

嘘だ、と日村は思った。

おそらく、噂を聞きつけて、阿岐本のほうから永神に連絡を入れたのだ。出版社をつぶすのは得策じゃない。俺がなんとか再建に向けて努力してみる、とか何とか言ったのだろう。

おそらく永神はさっさとつぶして、債権を処分して終わりにしようと思っていたはずだ。損切りというのは、たとえば債権の半分でも四分の一でもいいから即時に金に変えることをいう。抵当権を持っている場合など、まさに損をするわけだが、裁判やら何やらをまともにやっていると、何年もかかってしまう。だから、多少損をしてもいち早く処理することを望む債権者は多い。

だが、阿岐本と永神の盃は六分四分だと聞いている。つまり、永神も兄貴分には逆らえなかったということだろう。

「まあ、今さら出版社をやって儲かるとも思えねえが、永神のやつを助けてやらねえとな……」

「はあ……」

「俺、その出版社の社長やるからよ、おめえ、役員やれ」

阿岐本と付き合いの長い日村もこれには仰天した。

「企業舎弟とかじゃないんですか？」

「俺に経済ヤクザの真似事をしろってえのか？」

「いや、そういうわけじゃ……」

「いいか。これはヤクザのシノギとかの話じゃねえ。ちゃんとした会社をやろうって話だ」

「しかし、社長や役員になるとなれば、株主の了承を取るとか、いろいろと手続きが……」

「そういう面倒なことは、永神が全部やってくれる」

日村は唖然(あぜん)としたまま言った。

「自分は、出版のことなんて何もわかりません」

「そりゃ俺だってそうだ。心配いらねえよ。その会社に勤めていた連中がそのまま働く。実務はその連中がやってくれる」

そんな仕事がうまくいくはずがない。

誰に聞いたってそう言うに違いない。だが、子が親に逆らうわけにはいかないのだ。

「その会社はどこにあるんですか？」

「おう、神田よ。出版社といえば、神田だ」

「まっとうな会社をやるということは、組を解散するということですか？」

「ばかやろう。代々続いた阿岐本組の看板を俺が下ろしたとあっちゃ、ご先祖さんに顔向けできねえ」

それじゃ、フロント企業や企業舎弟と変わらない。どこが違うのだろう。日村はそっと首を傾げた。

「自分らがその会社に出社したら、地元の面倒は誰がみるんで……?」

「おめえ、役員だよ。毎日会社に出る必要はねえんだ。今までどおり、縄張りの仕事をやってくれ。手が空いたときに、出社すりゃあいいんだ」

暗澹たる気分になった。

これまでも、阿岐本の気まぐれに付き合ったことは何度もある。だが、会社の役員になるとなれば、これはおおごとだ。

「それで、いつからその会社を始めるんで……?」

「もう準備は整っている。明日から出社だ」

日村は唖然として阿岐本組長の顔を見つめるしかなかった。

## 2

一階の事務所に下りると、日村はテツに言った。

「おい、荻原精密加工という工場について調べてみてくれ」

テツは、すぐさまパソコンに向かって調べはじめた。分厚い眼鏡の奥の眼が、モニターをじっと見つめている。

言われたことは、あれこれ詮索せずにすぐにやる。日頃の日村の教育のたまものだ。

そこに三橋健一と志村真吉が外回りから戻ってきた。

「おう、ごくろう」

日村は二人に言った。健一と真吉は日村に礼をした。

三橋健一は、若い衆の中では一番年上だ。ダブルのスーツを着て、いっぱしの貫禄を見せている。

かつては、地元の不良たちに一目置かれた存在だった。どんな喧嘩も健一が駆けつければすぐにおさまったのだという。

ボディービルダーのように分厚い胸板をしている。オールバックで顔はごつい。

一方、志村真吉は、一番若く優男だ。まだ、二十歳になったばかりだが、やたらに女にもてて、十代の頃からヒモのような生活を続けていた。

今でも、付き合っている女は三人くらいいるはずだ。言い寄っている女はもっといるだろう。

マメに女を口説くタイプではない。どちらかというと、ぼうっとしている。母性本能をくすぐる特別な素質があるのかもしれない。

ホストでもやれば、ヤクザなんかよりずっと儲かるだろうと日村は思うが、ホストの世界もなかなか厳しい。真吉の性格ではとてもつとまらないかもしれない。

健一と真吉は見た目も性格もまったく対照的だが、妙に気が合うようだった。

阿岐本組の若い衆は、今事務所にいる四人ですべてだ。

日村は言った。

「全員そろったところで、話しておきたいことがある」

四人の若い衆は緊張した面持ちで日村を見た。テツも手を止めて、分厚い眼鏡の奥の小さな眼を日村に向けた。

「オヤジが新しいシノギを始める。出版社だ。オヤジが代表取締役で、俺も役員になる」

一番年上の健一が、ぽかんとした顔で日村を見た。

「それは、どういう意味ですか?」

日村は、健一を睨(にら)みつけた。

それは、こっちが訊きてえんだよ。明日からオヤジは、出版社の社長だ」

「言ったとおりの意味だ。明日からオヤジは、出版社の社長だ」

「あの……」

真吉が尋ねた。「出版社って、つまり本や雑誌を作るところですか？」

「決まってんだろうが……」

「わあ……」

真吉はうれしそうな顔をした。「自分、雑誌とか作ってみたかったんですよ。グラビアの撮影とか……。アイドルの水着のグラビア……」

「おう。オヤジに頼んでみな」

日村はもうヤケだった。「水着だろうが、ヌードだろうが、やらせてくれるかもしれねえ」

「いや、ヌードはちょっと……。水着ってのがいいんです」

日村がうんざりした顔をしていると、いきなり健一が真吉の頭を殴りつけた。

「いて……。何するんすか……」

「いいから、黙って話を聞いてろ」

さすがに健一は日村の苛立ちを察したようだ。

「いいか」

日村は言った。「明日からオヤジは、神田のその出版社に出社する。俺も、そっちに顔を出さなけりゃならねえ。事務所を空けることが多くなるから、おまえらにしっかりしてもらわなきゃ困る」

「わかりました」

健一が言った。

日村はうなずいた。健一に任せておけば、当面はだいじょうぶだろうと思った。

「しかし……」

健一が思案顔で言う。「いつの間にそんな会社を作る準備をしてたんでしょうね……」

「永神のオジキが整理しようとしていた会社だそうだ」

「つまり、倒産しそうな会社を乗っ取ったということですか？」

「まあ、多少ややこしい事情があるらしいが、結果的にはそういうことだな」

「それで、どんな本を出していた会社なんです？」

「知らん」

「会社名は？」

「それも知らん」

健一は、ちょっとあきれたように日村を見つめた。

「俺も今聞いたばかりだ。とにかく、明日、会社に顔を出してみる」

「はあ……」

健一は曖昧にうなずいた。

「あの……」

無口な稔がおずおずと尋ねた。「自分らが、その会社で何かできること、ないんですか？」

「あ……？　それ、どういうことだ？」

「いえ、その……。何か手伝えればと思って……」

「おまえ、出版社に興味があるのか？」

「あ、いえ、自分はろくに漢字も読めませんし、出版社で働けるなんて思ったこともないんですが、何かできることがあれば、役に立ちたいと思いまして……」

日村は、しどろもどろの稔を、眉をひそめてしばらく見つめていた。

そして、気づいた。

こいつらは、出版社に興味があるのだ。

とてもまともな就職ができるようなやつらじゃない。彼らは、常にもやもやしたものを胸に秘めて生きている。コンプレックスというやつだ。

出版社といえば、一流大学の卒業生が就職試験を受け、しかも競争率が何倍だの何十倍だのという人気職種だと聞いたことがある。

稔は、一度でいいから出版社で働いてみたいと思っているのかもしれない。いや、稔だけじゃないだろう。真吉がグラビアの仕事をやってみたいというのも、おそらく本音だ。

日村はそっとかぶりを振った。

こいつらの中で、出版社で役に立ちそうなのは、パソコンオタクのテツだけだ。

「おまえたちには、事務所を守るっていう仕事がある」

「はい」

稔は、うなずいた。

なんだか、ひどくがっかりしているように見えた。

話はそれで終わりだった。日村は、応接セットのソファに腰を下ろした。テツが、パソコンでの作業を再開した。

あとの三人は、机の回りでそれぞれに時間をつぶしはじめた。

「代貸……」

テツがパソコンのモニターを見つめたままつぶやくように言った。

「どうした？」

「荻原精密加工ですよね……」

「そうだ。何かわかったか？」

「けっこう、あっちこっちの町金からつまんでますね。まっとうな金融じゃ、もう金は借りられないでしょう」

「だから、丸橋なんかから借りたんだ」

健一がすかさず言った。

「キリトリですか？」

「追い込みかけろといわれた」

「じゃあ、急がないと……。夜逃げされたら面倒です」

「だがな、オヤジは追い込みなんかやめておけと言っている。素人をいじめるなと……」

　健一は顔をしかめた。

「丸橋から金を借りるようなやつは、したたかですよ。半分踏み倒す気でいるんだ。ただの素人じゃありません」

「だが、オヤジの言いつけに逆らうわけにはいかねえ。丸橋から仕事を引き受けたこっちの立場もある」

「丸橋に負い目を背負わせちゃどうです？　てめえ、焦げ付くのわかってて仕事頼みやがったな、無駄働きさせやがって……。そのくらい凄（すご）んでやれば、丸橋から金取れるかもしれない」

「丸橋と波風は立てたくない。これまで、何度か儲けさせてもらってるんだ」

「じゃあ、これからすぐにその荻原精密加工だかなんだかへ行きましょう。手形を振りださせて押さえちまえばこっちのもんです」

「だーかーらー、オヤジは追い込みはやるなと言ってるんだ」

「じゃあ、どうするんです」

「それを考えてるんだ」

　健一と日村が不毛なやり取りをしている間にも、テツはパソコンに向かって何やら作業を続けていた。

　テツが言った。

「あのう、問題は短期決戦か多少長い目で見るかってことだと思うんですが……」

日村は顔をしかめた。

「俺は、まどろっこしい話は嫌いだ。何が言いたいんだ？」

「要するに、荻原精密加工の金回りが多少でもよくなればいいわけですよね」

「そんなことができりゃ、自分たちでとっくに手を打っているだろう」

「技術は、利用されなければ金になりません。技術を持っている者とそれを利用したい者を結ぶのは情報です」

テツがこういう回りくどい言い方をするときは、何か目算があることを意味している。

「その町工場ってのは、いい技術を持っているってことか？」

「どこかで聞いたことがある名前だと思ったんです。荻原精密加工というのは、型抜きの専門家です。どんなものでも抜いてしまう」

「型抜き……？」

「プラスチックや陶器、硝子(ガラス)製品までたいていの大量生産品は型抜きで作られます。荻原精密加工は、その名のとおり、どんな素材のものでも、精密に型を抜くことができる。型抜きのエキスパートなんです。その技術には定評がある」

「なら、どうして経営が傾くんだ？」

「人件費の安い中国なんかで製品を作る企業が増えたからでしょう」

「つまり競争に負けたってことだ。じゃあ、どうしようもねえ」

「いや、眼の付け所だと思います」

「おまえは何に眼を付けたっていうんだ？」

「フィギュアです」

「何だ、それは……」

「いつか、イベントで手に入れてきて、ネット・オークションで十倍でさばいたことがあったじゃないですか」

「ああ……」

そういえば、そんなこともあった。

日村は思い出した。

去年のことだ。夏の暑い盛りに、テツは朝早くからどこかへ出かけて行った。そして、愛想のない箱に入ったプラスチックの人形のようなものをごっそりと買い込んできたのだ。

聞くと、ひとつ一万もするという。

あほか、おまえはとばかにしていたが、それらの人形がその日のうちに、ネット・オークションとやらで、どれも十倍以上の値段をつけたのだ。

結局、五十万ほどの儲けになった。

それがフィギュアだという。

こんなうまいシノギがあるのなら、どんどん稼げと言ったのだが、年に一度のイベントだからこそ、高い値がつくのだと言われた。

そりゃそうだ。世の中、そんなにうまい話が転がっているはずがない。

その後、秋葉原でフィギュアを見かけて、気に入ったのを買い込み、テツに見せた。

「どうだ？　金になりそうか」

そう尋ねた日村を、テツは哀れなものを見るような目つきで言った。

「まったく値打ちはありませんね。素人が手を出せる世界じゃありませんよ」

ぶっ飛ばしてやろうかと思ったが、考えてみればテツの言うことがもっともだ。

フィギュアだかなんだか知らないが、あんなもののどこに値打ちがあるか、日村にはまったくわからない。

「それで……？」

日村はさらに尋ねた。「フィギュアと荻原精密加工がどういう関係があるんだ？」

「フィギュアの原型の技術は日進月歩です。ただ、抜きの技術には限界があるので、どうしても原型師たちも技術を生かし切れない。一体モノなら最大限に発揮できる技術も、複製を前提とするとどうしても妥協しなければならないところがあるんです。でも、どんな形でも精密に型抜きできる業者がいれば、最高の技術を市場に提供できます」

「それが金になるのか？」

「抜きの技術を求めているのは、芸術家肌の原型師だけではありません。原型師をかかえる造形の集団や会社が、今まさにそういう技術を必要としているのです。食玩（しょくがん）を知ってますか？」

「知らん」

「おかしのオマケなんですが、これがマニアを巻き込んでかなりのマーケットになっています」

「グリコのおまけみたいなものか？」

日村は、子供の頃を思い出した。

いい思い出ではない。

とてつもなく貧乏だった日村は、子供の頃にグリコのキャラメルなど買ってもらったことがないのだ。

クラスのみんなは、遠足が大嫌いだった。遠足の日に競うようにいろいろな種類のキャラメルやチョコレート、キャンディー類を持ってくる。日村の母親は、ふかしたサツマイモをつぶして油で揚げ、それに砂糖をまぶしたものとかりんとうを、きれいな包装紙に一つ一つくるんで持たせた。日村は母親に当たった。日村はクラスの子供からばかにされたのだ。

そのときの、母親の困ったような、怒ったような、そして悲しげな顔はおそらく死ぬまで忘れないだろう。

子供というのは残酷なものだ。

あの当時、クラスメートが持っていたオマケ入りのキャラメルがひどく魅力的に見えた。

中学生のときにカツアゲした金で、オマケ付きのキャラメルを買ってみた。

うまくもなんともなかったたし、オマケはやけにちゃちだった。魔法が解けてしまったように感じた。

「そうです。今では、キャラメルやチョコレートは完全に脇役で、オマケが主役なんです」

テツが説明した。

こいつ、またわけのわからないことを言ってやがる。

「だから、そのオマケがどうしたってんだ？」

「実は、このオマケ、ある企業の一人勝ちなんです。原型師を何人も抱えた造形の会社だったんですが、作り込みの細かさと完成度の高さで人気を得ているのです。でも、さっき言ったように、原型師には型抜きのシバリがあるし、フィギュアを製作している会社でも今現在の型抜きに決して満足しているわけではないのです。もし、型抜きで今以上の技術を提供すれば、原型師の技術を百パーセント活かせます。そういう需要はあるのです」

テツが何を言っているのか、日村にはさっぱりわからない。日村は、健一、真吉、稔の三人の顔を見回した。

三人とも複雑な表情でテツを見ている。

彼らにもテツが言っていることがわからないのだ。

だが、テツの情報はおろそかにはできない。これまで、何度かテツのおかげでけっこうなシノギをものにしている。

ヤクザの最大の武器は暴力ではない。情報なのだ。

そして、ヤクザにとって一番大切なのはとにかく行動することだ。堅気がヤクザに勝てないのは、必死で考えないからであり、すぐに行動しないからだ。

ヤクザはあれこれ迷わない。まず行動するのだ。

「なんだかよくわからんが、とにかく荻原精密加工に行ってみよう。テツ、おまえ、いっしょに来い」

テツは、すぐさま立ち上がった。

荻原精密加工は、事務所から車で十分ほどの場所にあるはずだった。日村の車で向かった。いちおうメルセデスだが、中古車を手に入れたのだ。

オヤジは国産車の愛好家で、ニッサンのシーマに乗っている。

日村のメルセデスを運転したのは、テツだ。パソコンは自由に扱えるくせに、車の運転はかなり危なっかしい。

カーナビなんぞついていないから、ずいぶん迷った末に小さな町工場の前にようやくたどり着いた。事務所を出てから三十分以上経っていた。

途中でコンビニに寄ったせいもある。

テツが、食玩とやらを買いに行ったのだ。

一階が工場になっており、家族が二階に住んでいるようだ。

工場は稼働している。何とか仕事が回っているということか……。

出入り口から足を踏み入れると、さまざまな機械が並んでいる。どれも不思議な恰好をしている。

大きな釜を伏せたようなものもあれば、巨大な立方体のプレス機のようなものもある。透明なフードをかぶせた綿飴を作る機械のように見えるものもあるし、でかい掃除機のようなものもある。

日村は、習慣で売りさばけばどれくらいになるか瞬時に計算していた。整理屋の知り合いを連れてくれば、さらに細かな数字をはじき出せるだろう。

シャンプーハットのようなビニールの帽子をかぶった中年の工員が怪訝そうな眼を日村とテツに向けた。

「何でしょう?」

「社長にお会いしたいのですが……」

日村は言った。言葉は丁寧だが、断ることは許さないことを態度で示している。なめられてはいけない。最初が肝腎なのだ。

とたんに、中年の工員は怯えたような顔になった。日村の素性をすぐさま悟ったに違いない。

「お待ちください」

彼は、クリーム色の間仕切りの向こうに消えた。

「町工場の工員という恰好じゃないな……」

日村はテツに言った。「ビニールの帽子にゴムの手袋だ。まるで外科医みたいだ」

テツは訳知り顔でうなずいた。

「微細なゴミの混入を防ぐためでしょう。これは、ますます期待が持てますね」

「そんなもんかね……」

中年の工員が、白髪頭の瘦せた中年男を連れてやってきた。おそらくそれが社長だろう。一目見て、これはだめだと日村は思った。

ヤクザは人相を見る。人を値踏みするためだ。

経営者というより、学者だった。神経質そうな顔に眼鏡をかけている。額が広いがはげ上がっているわけではない。

「私が荻原ですが……。どちら様で？」

「丸橋さんに言われて来たんですがね……。日村といいます」

とたんに荻原社長は顔をしかめた。

「借金取りかね……。もう少し待ってくれと、丸橋さんには言ってあるんだ。帰ってくれないか……」

「そうはいきません。子供の使いじゃないんですから……」

「今、金はない」

「今日は、ちょっと見ていただきたいものがあってうかがったんです」

「見せたいものがある？　何だ？」

日村は、テツに目配せした。

テツは、コンビニで買ったチョコレートを取り出した。

「何だい、これは……」

荻原が迷惑そうな顔で言う。

テツは言った。

「やっぱり、こういうものをご存知ありませんでしたね……」

テツは、チョコレートの包装を開き、中からビニールの袋に包まれたオマケを取り出した。

日村も初めて見た。

テツのてのひらには、実に精巧なオートバイの模型が乗っていた。ミラーやブレーキレバー、クラッチレバーまで再現されている。そして、見事に色が塗り分けられていた。

正直言って、日村は驚いていた。

昔のキャラメルのオマケとはまったく別ものといっていい。

テツが差し出すと、荻原は不審げにそれを手に取り、眼鏡を外していろいろな角度から眺めた。

「どうです？」

テツが言った。

「最近は、こんなオマケが付いているのかね……」

「抜きについては、どう思います？」

とたんに、荻原は嘲るように言った。

「ふん。甘いもんだ。おそらく原型の七十パーセントほどの完成度しか表現できていない」

「これは、おそらく中国で抜かれたものです」

「中国はコストが安いからな……。だが、これは、抜くためにパーツを三つに分けてある。そうなれば、当然手間もラインも三倍になるわけだから、いくらコストが安くても割高になるな……」

「つまり、ここなら、この複雑な形を一発で抜けるということですか？」

「もちろんだ」

「パーツを分割せずに、一つの作業で？」

「そうだ。しかも、原型の再現率を九十数パーセントまで上げてみせる」

テツは、日村を見た。

「やっぱり、これ、いけますよ」

荻原は、不安げに日村を見た。

「いったい、何の話なんだ？」

日村は尋ねた。

「これまで、こういうモノの仕事をやろうと思ったことはないんですか？」

「ばかにしちゃいかんよ。私の技術は、オモチャなんぞのためにあるんじゃない」

「じゃあ、何のためにあるんです？」

「日本の生産技術を高めるためだよ。自動車だって、パソコンだって、家電製品だって、必ず複製品の部品を使っている。私の工場ではね、その複製品の精度を極限まで高めようと努力しているんだ。精密な複製品が組み合わさって、優秀な製品を生み出す」

やっぱりな……。

日村は思った。

この社長は学者肌だ。商売人ではない。持っている技術はすばらしい。そして、その技術を高めることには、苦労を惜しまない。

だが、それを応用して金を稼ぐ才能はない。

日村は言った。

「あんたには、これからこういうオモチャを作ってもらいます」

「冗談じゃない。何で私が……」

「金を儲けてもらわにゃならんのですよ」

「金なら儲かる。今に、うちの技術に眼を付けた国内外の一流メーカーから発注が相次ぐはずだ」

「私らは、明日の百円の話はしません。今日の十円の話をするんです」

「こんなオモチャをいくら作ったって、儲けは知れているじゃないか。うちだってね、代々町工場なんだ。こういうものの原価はよく知っている。二束三文の仕事を徹夜でこなしたって上がりは知れているんだ。私のオヤジはね、そういう仕事ばかりしていたんだ。だから、私は研究に研究を重ねた。深しぼりという板金の技術がある。一枚の金属板を箱形に加工する技術だ。その技術を磨き、大儲けした町工場がある。携帯電話のバッテリーに応用されたんだ。その町工場の技術がなければ、携帯電話は今ほど小さくはできなかったんだそうだ。うちの工場だって、第二のその工場になる可能性があるんだ」

「ご説はごもっともですがね、問題は今金があるかどうか、なんです。おたくに借金を返せる金があるかどうか……」

「だから、もう少し待ってくれと言っているんだ」

「待てませんね。言うとおりにしてもらえないんなら、やることは一つです」

「どうしようというんだ？」

「ここにある機械を持ち出して金に換えます」

「そんなことをしたら、仕事ができなくなる。借金だって返せなくなるんだ」

「なめてもらっちゃ困りますね」

日村は凄味を利かせた。「私ら、あんたが仕事ができようができまいが、どうだっていいんだ。要は金さえもらえればいいんですよ。機械たたき売って、足りなきゃあんたの腎臓を売ってもらう。それでも足りなきゃ、生命保険に入って死んでもらう手もある。娘さんがいれば、ソープに行ってもらう。ま、こればかりは、年齢や器量の善し悪しが影響しますがね……」

荻原はたちまち青くなった。

「そうすれば、そういうのは、 あんたは、そう

「脅すのか……」

「脅してなんかいません。私ら普通にやることをお話ししているだけです。あんたは、そういう相手から金を借りたんですよ」

「だから、返さないとは言っていない。もう少し待ってくれと……」

「そういうの、通用しないんですよ。おい、テツ、どうやら交渉決裂のようだ。運送屋、呼べ。機械を運び出すぞ」

「やめてくれ。ここの技術は企業秘密ばかりなんだ」

「知ったこっちゃない。そう言いましたよ」

「わかった。わかったから……」

「何がわかったんです？　こっちは、忙しいんです。さっさと済ませちまいたい」

「話を聞く。だから、機材を持ち出すのだけは待ってくれ」

日村は、無言でしばらく荻原を睨みつけていた。何事か考えているように見えるだろう。だが、本当は何も考えていない。この間が大切なのだ。

荻原はすっかり怯えている。

日村は声を荒らげたわけでも、暴力をちらつかせたわけでもない。それで、怯えさせるのがヤクザのテクニックだ。

やがて、日村はテツに言った。

「詳しく話をして差し上げろ」

あとは、テツに任せた。

どうせ日村が聞いてもちんぷんかんぷんなのだ。外に出て煙草を吸っていた。

長い話だった。

寂れた町工場の前。壁のところどころが壊れ、それを波形のトタン板で覆っている。そのトタン板も雨風で腐食していた。

嫌な話を聞いちまった……。

日村はそう思っていた。

二束三文の仕事を徹夜でこなしていた親父……。荻原はその姿を見て育ったのだ。先代の社長は、苦労に苦労を重ね、ようやく工場を維持した。いい思いなどしたことがなかったに違いない。

真面目だが、報われない庶民の生活だ。

そういう話に、日村は弱い。

アスファルトの地面に煙草を投げ捨て、踏みにじった。

テツが満足げな顔で出てきた。

「それで、どうなんだ?」

「とにかく、やってみますよ。この世界、名前が売れれば勝ちですからね。さいわい、近々ホビー関係のイベントがあります。今、抜き屋は稼ぎ時なんですよ」

何のことかさっぱりわからない。

こういう話はテツに任せるしかない。

「腹減ったな」

日村は言った。「何か食っていくか?」

「マックでハンバーガーでも食べますか?」

「頼むからよ、ヤクザなんだから、そんなもの食うなよ……」

## 3

組長の黒塗りシーマで、神田の出版社に出勤した。組長の車の運転担当は、暴走族上がりの稔だ。

「これですか……」

日村はビルを見上げて思わず言った。広大な敷地に建てられた大きなビルだ。

「ばか」

阿岐本組長は言った。「これは、プレイボーイなんかを出してる大出版社だ。この奥だよ」

細い路地を徒歩で進み、小さなビルの前にやってきた。組のビルより多少大きいだけのビルだ。出入り口は薄暗い。入ると埃と黴の臭いがした。

すぐ左手が階段で、その踊り場がエレベーターホールになっている。旧式のエレベーターが一基だけ。そのボタンの文字がこすれて消えかかっていた。

ビル自体は雑居ビルのようだ。その三階から五階までが問題の出版社だった。『梅之木書房』という社名だ。三階にやってくると、すでに社員たちは出社していた。

経営者は替わるが、今までの出版作業は継続しているということだ。

っていた。

戸口を入るとロッカーが並んでおり、それがカウンターのように中の机の島(シマ)との間を仕切

すぐ近くにいた女性が立って近づいてきた。丸顔の三十歳くらいでジーパンをはいている。

「何かご用ですか？」

組長はちょっと傷ついた様子で言った。

「社長の阿岐本だが……」

女子社員は、目を丸くした。

「社長……？」

「そう。社長だ」

そのやり取りは、他の社員にも聞こえたはずだ。だが、みんな自分の仕事に没頭しているように見える。

阿岐本組長は、どうしていいかわからないようにその場に佇(たたず)んだ。女子社員も同様に立ち尽くしている。

日村は、苛立った。

「経営者が替わったという話は、ご存知ですね」

女子社員は、日村と阿岐本組長を交互に見た。それから振り返って、大声で言った。

「編集長……。新しい社長さんだとおっしゃって……」

一番奥に座っていた男がうっそりと顔を上げた。日村は、お、と思わず半歩退いた。

遠近法を無視したような大きな顔だった。しかも長髪だ。今時のロンゲとは違う。七三に分けた髪が肩のあたりまで伸びている。それに白髪が混じっている。

最近、あまりお目にかかれない異形だ。おそらく全共闘世代なのだろう。たいていの人は、時代に合わせて髪型も変える。だが、この編集長は、一九六〇年代から七〇年代にかけてのヘアスタイルのまま今日に至っているという感じだ。

頭頂が尖っていて、下顎が大きい。栗のような顔だ。

編集長は、奇妙な表情で立ち上がった。迷惑半分、不安半分といった顔つきだ。

近づいてくると、その男の異様さはますます際だった。印象では、全身の四分の一が頭だ。ずんぐりとしており、手足が短い。

「編集長の片山ですが……」

「社長の阿岐本ですが……」

奇妙な間があった。お互いに次に何を言っていいかわからない様子だ。

「あ……」

ややあって、片山が言った。

「なんか、そんな話もあったたな……。校了のてんやわんやで、すっかり忘れていた……」

「コウリョウ……？」

阿岐本がつぶやいた。

「雑誌の編集者にとっては、戦争ですよ」

「よくわからねえんだが……」

阿岐本組長が困惑の表情で言った。「そいつは、会社の経営者が替わるってことより、大問題なのかい？」

「戦争ですから」

「そうかい。戦争ってんなら、そうだろうな」

「納得してどうするんです」

日村は言った。「新しい社長が出社してきたってのに、この扱いはないでしょう」

片山がさすがに恐縮した様子で言った。

「いや、会社がえらいことになっているのは、もちろん知っていますが、なにせ、ほら、校了中なもんで……」

日村は尋ねた。

「誰か話が通じる人はいないのか？」

「五階へ行ってください。役員室が五階ですから……。社長の部屋も五階にあります」

「わかった」

組長はうなずいた。「ところで、ここは何の本を作ってるんだ？」

「『週刊プラム』の編集部ですよ」

「おお、キオスクで見かけたことがある。売れてるのか？」

片山は顔をしかめた。

「売れてりゃ、倒産騒ぎにはならんでしょう」

「そりゃまあ、そうだな……」

組長と日村は五階に向かった。

さすがに、五階では全員が立ち上がり、気をつけをして組長と日村を迎えた。

こうでなくちゃな。

日村は思った。

「総務部長の金平(かねひら)です」

二人に名刺を差し出した。

金平一平と書かれている。

かねひらいっぺいというのだろうか。こいつの親はどういうセンスをしているのだろう。

髪をきちんと分けた真面目そうな男だ。『週刊プラム』の編集部では、みんなラフで自由な恰好をしていたが、さすがに五階にいる連中はスーツにネクタイ姿だ。

金平は紺色のスーツに地味な安物のネクタイをしている。

日村は金平に言った。

「社長室はどこだ?」

「こちらです」

四つの机の島の脇を通り抜け、奥の部屋に案内された。小さな部屋だが、さすがに社長室だけあって、豪華な両袖の机が置いてある。その前には革張りの応接セットがあった。

部屋はきれいに片づいている。前任者の持ち物はすでにすべて持ち去られていた。

「おう、なかなかいいじゃねえか」

組長が社長の席にどっかとおさまると、金平が言った。

「すぐに、帳簿その他、会計関係の書類をお持ちします」

「ああ、そんなものはいいよ」

「は……？」

金平は、口をぽかんとあけて組長を見た。「監査にいらしたんじゃないんですか？」

「監査？　何のこった？　今日から俺が社長だ」

「え……。管財人のかたじゃ……」

「何言ってるんだ。今日からこの会社は俺のもんだよ」

「そんな……。聞いてませんが……」

「何だと……？　永神の兄弟が話をつけているはずだ」

金平の頭の上にクエスチョンマークが見えるような気がした。日村は組長に耳打ちした。

「一度、永神のオジキに連絡取ってみたらいかがです？」

「わかった。おまえ、電話してみろ」

金平をはじめ、社員たちは不安げに組長と日村を見ていたが、そんなことは気にしなかった。素人は体面を気にするが、日村たちはまずやるべきことを先にやる。

永神組の組事務所にかけた。若い者が出てすぐに組長と替わった。

「おう、誠司、元気か？」

「はい、おかげさんで……」

「何か用か？」

「ええ、『梅之木書房』という出版社の件で……」

「ああ、あれがどうした？」

「今、オヤジとそこに来てるんですが……」

「何だって？」

「オヤジは、社長になったと言ってるんですが……」

「あの話、本気にしたのか……」

そんなことだろうと思った……。

「とにかく、何とかなりませんか……？」

「地裁に倒産の申し立てをするところだった。とにかく、今から行く」

「すいません。ご足労かけます」

社長室で、永神を待つことにした。

阿岐本組長は、社長の席におさまり、ご満悦の様子だ。

電話をしてから二十分で、永神が駆けつけてきた。さすがに、ヤクザだ。フットワークがいい。

「おう、永神。なんかおかしな話になっとるぞ。どうなってんだ」

阿岐本が永神に言った。

「いや、ちょっと不手際があってな、兄弟。手を打ったから、もう心配ない」

「株主とかは、だいじょうぶなのか？」

「書面で株主総会の委任状を取ってある。名実ともに、兄弟がここの社長だ」

「そうか」

阿岐本は満足げにほほえんだ。

「俺は、社員とちょっと打ち合わせをするから……」

「おう、ごくろうだな」

永神が社長室を出て行ったので、日村もそのあとに続いた。

永神が金平に事情を説明している。金平は、面食らった様子で話を聞いていた。

「とにかく、兄弟の顔を立ててやってくれ」

永神は、金平に念を押すように言った。「いいな」

「ちょっと、オジキ……」

日村は、永神に声をかけた。

「何だ？」

「この会社をつぶさないことには、債権の処理もできないわけですよね」

「そういうことだな」

「オジキが抱えているこの会社の債権は、いくらくらいですか？」

「そうさな……。ざっと一億ってところかな……」

日村は深々と頭を下げた。

「申し訳ありません……」

「いいって。どうせ損切りだ。こっちの懐に入るのは、一千万くらいと見積もっていたんだ。兄弟にはいろいろと世話になっているしな」

阿岐本は、不思議と人望だけはある。

若い頃にいろいろなところで兄弟分の盃を交わしたというだけではない。いまだに、阿岐本の回りには人が集まる。人が集まるところには情報が集まるのだ。それが、阿岐本の強みだ。

阿岐本組は、今のところ広域暴力団の傘下には入っていない。だから、指定団体も免れているわけだが、そういう組はどんどんつぶされていくか、強大な組織に呑み込まれている。あるいは、小さな縄張りを守って細々としのいでいくしかない。

だが、阿岐本組長はこの世界でなかなかの発言力がある。

広域暴力団には属していないが、関東の組織が集まる親睦団体があり、阿岐本組長はそこの理事をやっているせいもある。

だが、やはり人柄だろうと日村は思う。

思いつきで行動する阿岐本に、周囲は振り回されるが、不思議と腹は立たない。

永神も相手が阿岐本でなければ、つぶれかけている出版社を預けるような無謀なまねはしないだろう。

「おまえも、なかなか苦労するな」

永神は言った。

日村は、ただ黙って頭を下げるしかなかった。気を許してよけいなことを言えば、それがオヤジの耳に入る恐れがある。

永神は、やってきたときと同様に、あわただしく姿を消した。

社長室に戻ると、阿岐本組長が日村に言った。

「どんな雑誌を出しているのか、見てみたい。さっきの週刊誌の編集長を呼べ」

「忙しそうでしたよ」

阿岐本はちょっと傷ついたような顔をした。

「忙しいったって、社長に会うくらいの時間はあるだろう」

日村はうなずいた。社長室を出て、金平を呼んだ。

「『週刊メロン』だっけ？　三階で作ってるの……」

「『週刊プラム』です」

「何でもいい。社長がどんな雑誌を作っているのか見たいと言っている。編集長を呼んでくれ」

「わかりました」

「ついでだ。他にも雑誌を出していたら、その編集長も呼んでくれ」

「はい。書籍の責任者も呼びましょうか？」

「ショセキ……？」

「はい。単行本も出していますから……」

金平は、ちょっと軽蔑したような眼をした。こちらの知識のなさにがっかりしているのだろう。

「呼べ」

日村はぶっきらぼうにそう言うと、社長室に戻った。

最初にやってきたのは、『週刊プラム』の片山だった。

戸口に現れた片山を見て、日村は再びぎょっとした。

どうも片山の風貌にだけは慣れそうにない。

「お呼びだそうで……」

片山は、阿岐本の前に立っても臆した様子を見せない。苛立っているのが一目でわかる。

ヤクザよりコウリョウとやらのほうが恐ろしいらしい。

「おう。どんな雑誌を作っているのか知っておきたくってな」

「今週号のダイワリを持ってきました」

片山は、一枚の紙を阿岐本に手渡した。

日村は不安だった。紙一枚を見るだけで、雑誌の内容が把握できるのは専門家だけだ。阿岐本は専門家からは程遠い。

「この記事を見せてくれ」

阿岐本は、ダイワリと片山が呼んだ紙を見るなり言った。

片山は、長い前髪を振り上げると眉をひそめた。

「関西の広域暴力団の記事ですね。抗争事件後、一触即発になっているX組とZ組の……。これが何か……」

「読んでみてえんだよ」

片山は迷惑そうに顔をしかめて、ちらりと日村を見た。日村は、精一杯凄味をきかせて睨み返した。

「わかりました」

片山は言った。「編集部に校正刷りのコピーが残っているかもしれません。担当者に持ってこさせます」

片山は、いったん部屋を出て行った。社長室の外の総務部から電話をかけるのだろう。ややあって、片山がコピーを手に戻ってきた。

「これです」

阿岐本は読みはじめた。楽しそうだ、と日村は思った。眼がいきいきとしている。

記事を読み終えると、阿岐本は即座に言った。

「この記事は間違ってるな」

「え……」

片山が前髪をかき上げて目を丸くした。

「X組ってえのは、関西の二次団体の矢腹組、Z組ってえのは、多家下組のことだろう」

「そのとおりです」

「この記事では、抗争をきっかけに関西の緊張が高まっていると書いてあるな」

「はい。そっち関係に詳しいライターを使いました」

「矢腹と多家下は、もうじき手打ちするよ」

「本当ですか？」

「本当だ。関西の本家の若頭が間に入るんだ。間違いない」

「本家の若頭というと、冴木良一……」

「そうだ。冴木は、そのためにここんとこ、ずいぶん苦労して動き回っていた」

「詳しくその話を聞かせてもらえませんか？」

片山は、身を乗り出した。

「いいともさ……」

阿岐本は話し出した。こういう情報は、阿岐本のもとに次々と集まってくる。裏稼業の人間でも阿岐本ほどの情報通はそうはいない。

話を聞き終えると、片山は言った。

「それ、記事にしていいですか？」

「いいともさ。本当のことだ」

「関西の本家とかに確認を取らなくてだいじょうぶですか?」

「だいじょうぶだよ。心配すんな」

「印刷をストップさせて記事を差し替えしなけりゃなりません。これで失礼します」

片山は、長い白髪混じりの髪を振り乱しながら社長室を飛び出して行った。

「忙しいやつだな……」

阿岐本があきれたように言った。

「だから言ってるじゃないですか」

日村は言った。「コウリョウで忙しいんだって……」

「おめえ、そのコウリョウとかってやつの意味知ってて言ってるのか?」

「いいえ……」

阿岐本は溜め息をついた。

「次を呼べ」

「はい」

日村は、戸口で次の者に入るように言った。甘い香水の匂いがした。

「『リンダ』の太田紅美子(おおたくみこ)です」

「お……」

髪の長い、やたらにいい女だった。ボディーのめりはりもきいており、それを強調するようなタイトなスカートをはいている。

「『リンダ』って、どこかのクラブか?」

「ばっかじゃないの。うちで出してる女性誌じゃないの」

「ああ……。編集長……?」

「そうです。呼ばれたので来たんですけど……」

「入ってくれ」

女性誌の編集長は、腰を振りながら社長のデスクの前に進んだ。

ばっかじゃないの、などという素人の言い草を、ヤクザは決して許さない。だが、この女編集長に言われると、なぜか腹が立たない。

彼女が通り過ぎたあとは、いい匂いが残った。

「へえ、えらい別嬪(べっぴん)がおるんだな」

阿岐本が言った。

「新しい社長だとうかがいましたが……」

「そうだ。よろしく頼むよ」

思いっきりスケべったらしい笑いを浮かべた。

「セクハラって言葉、ご存知?」

阿岐本の笑顔がぎこちなく顔に張り付いた。

「それで、あんた、どんな本を作ってるんだ」

「これが、最新号です」

女編集長は、机の上に大判の豪華な雑誌を置いた。

阿岐本がそれに手を伸ばして、ぱらぱらとめくった。

「おう、ファッション雑誌か」

「そういう概念は古いんです。二十代前半をターゲットにしていますが、その年代の女性は総合的な情報を必要としています。ファッションはその一部に過ぎません」

「総合的な情報……」

阿岐本は眉をひそめた。

「はい」

「それは、芸能界の裏話とか、芸能人が結婚しただの離婚しただのというような話のことか?」

「ゴシップは扱っていません」

「政治や経済のことが載っているとも思えないが……」

阿岐本は、『リンダ』をめくりながら真剣な顔で言った。

女編集長は、かすかに顔を赤くした。阿岐本にからかわれていると思っているのかもしれない。

だが、それは誤解だ。阿岐本は、本当に彼女がいう『総合的な情報』の意味がわからないのだ。

「若い女性が求める情報というのは、もっと生活に根ざしているのです。『リンダ』は月刊誌ですから、足の早い情報は扱えません。それに時事的な問題は、女性たちに夢を与えません」

「つまり、あんたは若い女性に夢を与えるような雑誌を作っているというわけか？」

「そうです。だからこそ、美しいモデルを使ってファッションの情報も載せます。誌面を見ることで、一時読者は現実とは違う楽しさを得ることができるのです。同時に、自分でも応用ができるファッションの情報を得ることができるのです」

「ふうん……」

阿岐本は考え込んだ。「それは立派な考え方だ。それで、この雑誌は売れているのかね？」

「女性誌の中では中の下といった位置でしょうか」

「芸能人、使ってみなよ」

「何ですって？」

「あんた、現実と違う楽しさがどうのこうの言ってたね。たしかに、モデルさんたちはきれいで、こいつはなかなかおしゃれな雑誌だと思う。だけどね、現実、人間てのはもっと下世話なもんだ。ゴシップを扱えってんじゃねえんだ。モデルの代わりにちょっとだけでいい。女の子に評判のいい芸能人使って、その人の生き方だの、ファッションセンスだのを記事にしてみなよ。なに、そんなのは、本当のことじゃなくたっていい。要するに、夢の一部でいいわけだ。読者にとっては、モデルさんより芸能人のほうがずっと身近なんだと思うがね……」

女編集長は、しばらく黙っていた。

腹を立てているのかもしれない。やがて、彼女は言った。

「これまでの社長は、雑誌の内容にまで口を挟むことはありませんでした」

「好き勝手やらせて、売れ行きは中の下だろう？　だからこの会社は傾いたわけだ」

「こういう雑誌は、売れ行きよりも広告収入が大切なんです。広告主はいずれもイメージを大切にする企業です。下品な雑誌に広告を出してはくれません」

「へえ……。広告ってのは、人の眼についてナンボのもんだろう。誰だって売れ行きがいい雑誌に広告を出したがる。そうじゃねえのかい？」

「あたしの方針とは相容れませんが、社長の命令ならば、今後、芸能人のインタビューとか、ファッション記事とかも考えてみます」

「やってみなよ。それで失敗でもかまわねえ。どうせ、倒産しかかった会社だ」

「わかりました」

それだけ言うと、女編集長は、さっと踵（きびす）を返した。また腰を振りながら出入り口に向かった。

日村は、ついそれを眼で追ってしまった。

「えらくきつい女ですね」

彼女が出て行くと、日村は言った。

「なに、あれくらいじゃねえと、編集長なんぞつとまらねえんだろう」

なんだかうれしそうだと日村は思った。

そうか。

日村は気づいた。そういえば、銀座や六本木のクラブでも、阿岐本はどちらかといえば気の強いホステスが好みだ。

案外、あの女編集長は、阿岐本の好みなのかもしれないと思った。

「次、呼べ」

「はい」

日村は、外で待っていた男を招き入れた。背広を着ているが、どこか崩れた感じがした。顔がどす黒い。不摂生が顔に出ているタイプだ。

「書籍の殿村俊久です」

一見して堅気ではないことがわかる。かといって、裏稼業でもない。不思議な雰囲気の持ち主だと日村は思った。

「おう、こっちへ入ってくれ」

阿岐本に促されて、殿村は慇懃な態度で進んだ。腰が低い。

「失礼します」

阿岐本の机の前に立ち、深々と一礼した。

「あんた、本を作ってるんだってね？」

「はい」

「どんな本を作ってるんだ？」

「文芸書です」

「だから、それはどんな本なんだ？」

「平たく言えば、小説です」

「小説か……」

阿岐本が満足そうに笑顔を見せた。

「なあ、日村。これこそが出版社の仕事だよな。日本の文化を守っているという実感がようやくわいてきた」

「はあ……」

「それで、殿村さんといったかい？　うちではどんな作家の小説を出してるんだい？」

「それはもういろいろな作家の本を出していますが……」

「ベストセラーはあるのかい？」

「ありません」

「やけにあっさり言うね」

「売れっ子作家の方は、やはり大手の出版社と仕事をされたがります。なかなかわが社まで順番が回ってきません」

「うちで作家を育てりゃいいだろう。どんな作家だって、最初から売れっ子だったわけじゃないだろう」

「ところが、最近ではそうでもないんです」

「どういうことだ？」

「売れっ子の方は、デビューのときから売れっ子なのです。売れない作家は、いくら努力しても売れません。そういう構造になっているのです」

「たまげたな。そんな理不尽な話があるかい」

「出版不況というのがありまして……。それが結果的に作家を淘汰することになりました。昔は、持ち込み原稿などでデビューする方もおられましたが、最近では何かの賞を取らないとなかなかデビューできません。大きな賞を取った方というのは、もうデビューのときから売れっ子なのです」

「長い間苦労して書き続けている作家というのが報われることはないのかい？」

「賞というのは、限られた方のところに固まるものです。つまり、関係者の目配りがどうしても偏るのです。大きな賞を取ってデビューした新人というのは、続いてさまざまな文学賞を取るという傾向があります」

「そいつは、おもしろくねえな」

「おもしろくありません」

「何とかならねえのか？」

「どうしようもありません。書店の棚も限られていますから、売れない作家の本は並べてもらえません」

「それで、あんたは、はなっから諦めているのか？」

「諦めているわけではありません。努力はしています」

「どういう努力をしているんだ？」

「さまざまな文学賞の受賞パーティーには、必ず出席して顔を売ります。各文芸団体のパーティーにも顔を出します。大きな新人賞の受賞者には、必ず連絡を取ります」

「それが努力かい？」

「それくらいしか、できることはありません」

「それでベストセラーが出るのかい？」

「わかりません。ベストセラーというのは、どうやって生まれるのか誰にもわからないのです」

「つまり、売れっ子作家が小説を書いてくれればいいんだな？」

「無理ですよ。出せば必ず売れるという作家のスケジュールは、二、三年先まで埋まっています。へたすると五年先まで埋まっている。なかなか私どもが割り込む隙はありません」

「だったら、うちで出版した本を書店でどかどか売ってもらえ」

「無理ですね。書店の棚は限られていると言ったでしょう。どこの書店だって売れる本を優先的に並べるんです。それに、取次が計画配本しているので、少部数の本はほとんど書店には行き渡りません」

「なら、たくさん印刷すればいい」

「取次が取ってくれません。万が一撒いてくれたとしても、ジェット返品で、倉庫が段ボールの山と化します。しかも、返品された書物は会社の財産と考えられるので、税金がかかります」

「あほか。そんなの商売じゃねえ。売れないものを売るのが商売だ。違うか？」

「こと出版に関しては違いますね」

阿岐本は、腕組みをした。

「もういい」

殿村は、再び慇懃な礼をすると、阿岐本に背を向けぬように後ずさりして退出した。

ドアが閉まると、阿岐本は言った。

「あいつはダメだな。死に体だ。喧嘩のやり方を知らねえ」

「そりゃ喧嘩は知らんでしょう」

「ばか、もののたとえだ。商売なんて喧嘩みてえなもんだ」

「はあ……」

「おまえ、あいつの部下で使えそうなやつを見つけろ。二、三日のうちに俺のところに連れてこい」

「自分がですか？」

「おまえだってヤクザなんだ。人を見る眼はあるだろう」

「仕事ができるかどうかなんてわかりません」

「そんなこたあ頼んでねえよ。要するに使えるか使えねえかだ。おまえが、舎弟にしてえと思うような男を連れてくればいい」

普段は縄張りの面倒を見て、手が空いたときだけ出社すればいい。たしか、阿岐本はそう言った。

だが、二、三日のうちに、気の利いた人物を見つけるとなると、そうもいかない。

こうやってだんだん追いつめられていく。なんのことはない。普段、稼業でやっていることを、自分がやられているのだ。

親に逆らうわけにはいかない。

日村は、それを自分に言い聞かせてこたえた。

「わかりました。二、三日のうちに、必ず……」

# 4

組に電話をしてみると、事務所に戻っていた電話番の稔が泣きついてきた。

「丸橋さんから、追い込みの件、どうなったって、何度も電話がありました」

「突っぱねておけ」

「しつこいんですよ」

「追い込みには時間がかかると言っておけばいい。脅しの一つもかけておけ」

「自分じゃ貫目負けしますよ」

「ばかやろう。相手は素人だろう」

「あれ、素人っていえますかね……？」

「おまえだって、一時期は暴走族で気合い入れてたんだろう」

「ああ……」

稔は切なげな声を洩らした。「あの頃のことは言わないでください」

なぜか、稔は昔の話をされるとひどく恥ずかしそうだ。堅気になったというのならわかる。昔のヤンチャに触れられたくないこともあるだろう。だが、今は裏稼業なのだ。暴走族といえば、この世界では一応エリートなのだ。

「わかった」

日村は言った。「俺から電話しておく」

携帯電話を切ると、すぐに丸橋にかけた。日村は、社長室のドアの外、つまり総務部の部屋の中に立ったままだ。社員たちがちらちらと日村のほうを見ている。

日村はそんな視線など気にしなかった。他人の思惑より今やるべきことを優先する。それが裏稼業で学んだやり方だ。

「丸橋さん、何度か事務所のほうにお電話いただいたそうですね」

「その後どうなったか気になってね」

「仕事を受けたのは、昨日のことですよ」

「だから、感触だけでも知りたくてさ。こっちも必死だから……」

「私にお任せくださったんじゃないのですか？」

「任せたよ。だからさ、中間報告が聞きたいんだ」

「私らを信用していただけないってことですか？」

日村はちょっと凄味を利かせた。

「そういうわけじゃないよ」

「じゃ、どういうわけなんです？　任せたと言っておきながら、こちらを監視なさるのは」

「別に監視しているわけじゃない」

「だってそうじゃないですか。あなたが任せるというから、私は引き受けたんです。こっちはてっきり信用されたと思っていたのですが、これじゃ、私らの顔が立たない。そうじゃないですか？」

「いや、そういうことじゃなくてだな……」

「あんた、人に仕事を頼むときに、いちいち確認を入れるんですか？　たとえば、宅配便を頼んだら、いちいち今荷物がどこにあるのか確認しますか？」

「そんなことはしない」

「洋服の仕立てを頼んだら、毎日どこまでできたか確認するんですか？」

「いや……」

「それは、仕事を信用しているからでしょう。なのに、丸橋さん、あなた、私たちの仕事を確認しようとなさった。つまり、信用していないということですよね。だったら、私ら降りてもいいんです」

「すまなかった」

丸橋はすっかり慌てた声音で言った。「俺が悪かった。いまさら、降りるなんて言われても困るんだ」

「追い込みには、時間がかかります。それなりに準備も必要です。しばらく、お待ち頂くことになりますが……」

「それでいい。頼んだぞ」

日村は電話を切った。大きく息をつく。

ああだこうだとまくし立てて、こちらにではなく向こうに落ち度があるように思わせてしまうのが、この稼業のやり方だ。

そのためには、こちらもそれなりに頭を使わなければならない。

「金平さん」

日村が声をかけると、金平は跳ねるように立ち上がった。先ほどとは明らかに態度が違っている。

永神がやってきたり、闇金に電話したりしたので、こちらの素性がすっかり明らかになってしまったのだ。

「は、何でしょう？」

「私の席はどこですか？」

「席……？」

「私も役員としてこちらで働くことになっているんですが……」

「あ、そうですか……」

やけに素直になったものだな。日村は思った。

「前任者の席でいいでしょうか？」

「いいに決まってるでしょう。社長だって、前任の社長の席におさまってるんだ」

「あそこの席がそうです」

総務部の一番窓のそばにある大きな机を指差した。「取締役の出版局長の席でした」

「出版局長……？」

「すべての編集部を統括しておりました」

まさか、オヤジは俺にそれをやれとは言うまいな……。

不安になりながらも、日村はそこに移動した。そばの社員が居心地悪そうにしている。

日村は、その席までついてきた金平に言った。

「あのですね、私はこれからあなた方といっしょに働くんです」

「はあ……」

「たしかに、お察しのとおり私ら堅気じゃない。でも、嚙みつきゃしませんよ。社長は、あくまで堅気の仕事をやるためにここにいらした。私も同じです。ですから、そう緊張なさらなくてもいいんです」

「わかっております」

ちっともわかっていない顔だ。

日村は溜め息をついてから、机上の電話を指差して尋ねた。

「これ、使っていいですか？」

「もちろんです。あなた、役員なんでしょう？」

「そうだと思います」

日村は、受話器に手を伸ばした。

金平がぼんやりとその様子を見ている。

「もういいですよ」

日村がそう言ってやると、あわてて彼は席に戻った。

事務所に電話した。

稔が出た。

「丸橋には電話しておいた。当分おとなしくしているはずだ」

「すみません」

「テツと替わってくれ」

すぐにテツが電話に出た。

「例の件、どうなっている?」

上の者にこう尋ねられて、即答できるようでなければ、ヤクザはつとまらない。

「あらゆる手を打っています。すぐに客が付くと思います」

「結果が出るのにどれくらいかかる?」

「工場が問題なく回りはじめるのに、一週間。収益が上がるようになるのに、二週間。ごっそり稼げるようになるのに一ヵ月ですね」

正直言って日村は驚いた。

「そんなに短期で問題が解決するのか?」

「だから、あの工場の技術には需要があるんですよ。ちょうど、ホビーショーのイベントが再来月にあるので、プロ・アマ問わず、ディーラーが抜きを注文する時期と重なっていたのが幸いですね」

相変わらず、何を言っているのかわからない。

「任せる」

日村は言った。「へたを打つなよ」

テツには無用の一言だったかもしれない。

電話を切ると、日村は立ち上がった。どうも我ながら落ち着かないとは思うが、これが裏稼業の性分だ。

「小説の出版部というのは、どこだ？」

金平に尋ねた。金平は、再びぴょんと立ち上がってこたえた。

「書籍編集部ですね？　四階です。実用書の編集部も同じ階です」

「実用書？」

「ノウハウ本とかビジネス書とかを作っている編集部です」

日村はうなずいてから言った。

「だから、いちいち立ち上がらなくていいんだ。たのむから、普通にしてくれ」

「あの……」

「なんだ？」

「私、普通にしていますが……」

「何か言われるたびにぴょんぴょん立ち上がるのが、普通なのか？」

「はあ……。以前からそうなんです。癖でして……」

こちらの考えすぎというわけか。

日村は、立ったままの金平に背を向けて四階に向かった。

腰ほどの高さのスチールの棚で仕切られた机の島が三つある。

驚いたことに、ほとんどの机に人の姿がない。編集長の席なのだろう、島の一番向こう側に全体を見渡せる形で机が置いてある。

さらにその向こうの窓のそばにこちら向きに机がある。先ほど阿岐本に会いに来た殿村が難しい顔でその机に向かっていた。

日村が近づくと、眼だけ向けた。

「ここの連中はどこへ行ったんですか？」

「まだ出社してないよ」

「もう昼近いですよ」

「書籍の連中が出社してくるのは、たいてい午後だ。会議でもあれば別だがな……」

「重役出勤よりも遅いじゃないですか」

「午前中に来ても仕事にならないんだ。それにね、文芸の編集者はたいてい夜遅くまで仕事をしている」

「午後から夜にかけてが仕事時間というわけですか」

「編集者の仕事ってのはね、何も編集をすることだけじゃないんだ。一番大切なのは、原稿を取ってくること。作家との打ち合わせが重要な仕事なんだ」

「打ち合わせ……？」

「作家の接待だよ」

「それで、原稿が取れるんですか？」

「難しいな……」

「じゃあ、接待するだけ無駄だ」

「そう。最近は飲み歩く編集者も少なくなった。作家も昔ほど銀座で飲み歩くということもなくなった。昔は、三軒四軒のハシゴはあたりまえだった。そうでなければ、銀座村では不公平になるからな」

「銀座村？」

「文壇バーというのがあってね。粋な作家は偏りのないように、主だった店をまんべんなく回ったものだ。だから、店同士がいろいろと協力し合っていた。情報も分け合っていた。だんだんとそういう風潮も廃れつつある」

「必要ないから廃れるんじゃないんですか？」

殿村は、上目遣いに日村を見た。

お、と日村は思った。意外に迫力がある。ヤクザの日村を、たとえ一瞬でもひるませるというのはたいしたものだ。

「必要ないというのなら、すべての小説は必要ない。食っていくために、小説なんぞ何の役にも立たないからな」

「それは極論でしょう」

「極論を言って相手を煙に巻くのが、ヤクザのやり方じゃないのか?」

裏稼業の人間に面と向かってこんな口をきくやつは滅多にいない。強がったり、いきがったりして、はったりをかますやつはたまにいるが、たいていひどい目にあう。

だが、殿村にはそうした気負いも感じられない。事実を淡々と述べているという態度だ。こいつ、オヤジの前にいたときと違うじゃないか……。

日村は、ふと眉をひそめていた。

「そう。極論だ」

殿村は言った。「小説なんぞ読まなくたって人は生きていける。だがな、必要のないものをすべてなくしていいというわけじゃない。小説を読んで人生が変わる人だっている」

「そうなんでしょうね……」

日村は日頃小説など読まない。だが、殿村の言っていることはわかるような気がした。

「本屋や取次の商売を考えれば、ベストセラー作家以外の本は必要ないということになる。だが、そうじゃない。いろいろな作家がいろいろな小説を書いていることが重要なんだ。文化には多数派も少数派もない。いいものはいい。そして、いいものというのは、個々人によって違うんだ」

「さっき社長の前で言ったことと、ちょっと違いますね」

「俺だって、相手を見て話をするさ。経営者に文化論をぶったってしょうがない」

「実はそうじゃないんです」

「そうじゃない？」

「どういうか……。社長は、その……、いわゆる文化的な仕事がしたくて、この会社にやってきたんです」

「道楽か？」

「ええ、まあ。ここだけの話、有り体に言えば……」

「そうだよな……」

　殿村はふと思案顔になった。「フロント企業や企業舎弟なら、もっと儲けの出る職業を選ぶはずだ」

「そういうのともちょっと違いまして……。この会社は、シノギとは関係ない。表の仕事をしたかったと、社長は言ってるんです」

「足を洗うということかい？」

「いや、そのへんが煮え切らないところで……」

「まあ、わからないでもない。裏の世界にいるからこそ、日の当たる仕事がしてみたいと考えるわけだ」

　日村は話しているうちになんだかばかばかしくなってきた。

なんで、俺はこんなところで、こんな話をしているのだろう……。

「何か用かい？」

殿村が日村に尋ねた。

「え……？」

「用があるから、ここに来たんだろう？」

そうだった。

「社長に、骨のあるやつを見つけてこいと言われたんです」

「骨のあるやつか……」

「あんたは、喧嘩のやりかたを知らないからと……」

「ふん、喧嘩のやり方か……。知らないわけじゃないが、相手にするものが大きすぎてな……」

「何です、その大きすぎるものって……」

「世の中の流れだよ。娯楽はどんどん増えていく。俺たちは、娯楽という限られたパイを奪い合っている。相手は、マンガやテレビゲーム、映画、ビデオ、ネット……。それこそ多種多様にある。そのうえ、平成の大不況だ。本が売れなくなっているのさ」

こいつは、使えないわけでも喧嘩のやり方を知らないわけでもない。過去に何度も戦いを挑んで、疲れているだけだ。

日村はそう思った。

殿村を非難することはできない。だが、オヤジの要求には、やはりこたえることはできないだろう。もっと活きのいいやつが必要だ。

きっかけがあれば殿村も生き返るに違いない。誰かがそのきっかけになればいい。

「あんたの部下は、何時頃に出社するんです？」

「そうだな……。二時過ぎには出てくると思う」

「じゃあ、その頃、もう一度来てみますよ」

日村は他人の意見を参考にはしたくなかった。あくまでも自分の印象が大切なのだ。ヤクザは自分の勘と洞察力で勝負するのだ。

日村は、いったん五階に戻り、社長室へ顔を出した。

「ちょっと、事務所のほうに行ってきます」

「何かあったのか？」

阿岐本の表情が険しくなる。

「いえ、若い者だけにしておくのがちょっと心配で」

「苦労性だな」

何事にも楽観的なオヤジがうらやましい。

「午後には戻ります」

日村は、梅之木書房をあとにした。

組事務所に戻ると、四人の若い衆が顔を揃えており、いっせいに「お疲れさんです」と挨拶をした。

来客用のソファに見慣れた顔があった。

日村は頭を下げた。

刑事の甘糟達男だった。たしか三十五歳だということだが、三十前にしか見えない。童顔で、いつもおどおどしているせいだ。階級は巡査部長。所轄の刑事課第四係、いわゆるマル暴の刑事だ。

甘糟は、ソファから立ち上がった。

「おい、いったいどういうことなんだよ」

甘糟は、泣きそうな顔で日村に言った。

「何のことです？」

「とぼけないでよ。俺の立場、どうなんのよ」

「だから、何のことをおっしゃってるんです？」

「あんたのところだけは、経済ヤクザの真似事はやらないと思っていたのに……」

「あ、出版社のこと……？」

「なんでまた、出版社なんて始めたの？　だいいち、その会社のある場所、別の組の縄張りじゃないか。揉めるよ」

たしかによその縄張りだ。

そのへんのところも永神のオジキが話をつけてくれているものと思っていた。だが、甘糟の口ぶりからすると、どうもそのへんの手は打っていないらしい。

まずいな……。本当に揉めるかもしれない。オヤジはそこんとこ、どう考えているのだろう。

「フロント企業とかじゃないんですよ。オジキの絡みで、オヤジが社長をやることになって……」

「それって、フロント企業じゃないか」

「いや、そういうことなら、もっと儲かっている業種を選びますよ。ほとんどつぶれかけていた出版社なんで……」

「なんか裏があるんじゃないの？」

裏があってくれたらどんなに楽か……。

「考えすぎですよ」

「あのね、どうしたって考えるよ。係長からは、どうなってるんだって怒鳴られるし……」

「それにしても情報、早いですね。どこから聞いたんです？」

「そんなこと言えないよ」

甘糟は、目を丸くしてぶるぶるとかぶりを振った。

会うたびに、刑事がつとまっているのが不思議に思えてくる。しかも彼は、マル暴なのだ。

普通のマル暴といえば、ヤクザと見分けがつかないくらいに凄味がある。普段、ヤクザと付き合っているせいで、趣味までが似通ってくるようだ。

だが、甘糟はどう見ても区役所の職員だ。

おそらく、永神組の動きを追っている別の所轄署からの情報なのだろう。よそから地元の組の動きを知らされたことで、甘糟の上司は面子（メンツ）をつぶされたと思ったのかもしれない。

「とにかく、ご心配には及びません。言ってみれば、オヤジの道楽みたいなもんですから」

「道楽で会社の社長やれるか、普通」

「私ら普通じゃないですから……。なんせ、ヤクザですし……」

甘糟はなぜか傷ついたような顔をした。

「よその縄張りにフロント企業作ったなんて、きな臭いんだよ。どうして自分の縄張りの中でおとなしくしていてくれないんだ」

それをそのまま、オヤジに言ってやりたい。

日村は心底そう思った。

「どうせ、長続きはしませんよ。つぶれかけていた出版社を、素人の社長が再建できるはずがない」

「すぐに倒産するということ？」

「そうなるかもしれません」

甘糟は、見たことのない生物を見るような目つきになった。

「じゃあ、なんでそんな会社に手を出したんだ？」

「だーかーらー」

日村は、苛立ってきた。「オヤジの道楽だって言ってるでしょう」

「そんなんで、係長は納得してくれないよ」

「納得するもしないも、事実ですから」

甘糟はまた泣きそうな顔になった。

日村は溜め息をついた。

「とにかく、しばらく静観していてくれませんか。どうせ、すぐに撤退することになります」

「わかったよ。今日のところは帰るよ。でも、くれぐれも神田のほうの地元と事を構えるようなことは避けてくれよ」

「事を構えて、こっちが得することなんて何一つありませんよ」

甘糟は、怨みがましい目つきのまま事務所を出て行った。応接セットの小さなテーブルの上に茶が出してある。

いつものように、甘糟はその茶に手を付けていない。おそろしいほどに律儀なのだ。

「会社のほうはどうですか？」

スーツ姿の健一が尋ねた。

「どうもこうも……。まだ何にもわかんねえよ」

「何という会社なんです？」

「梅之木書房だ。『週刊プラム』っていう雑誌を出している」

「『週刊プラム』……」

若くて優男の真吉が言った。「あのグラビアはだめです」

「何がだめなんだ？」

「ポリシーがありません」

「グラビアにポリシーなんて必要あるのか？」

「もちろんありますよ」

「また、わけのわからんことを……」

「男性週刊誌におけるグラビアの役割はものすごく大きいんです」

「それはわからんでもないが……」

「『週刊プラム』のグラビアには必ずヌードが載ります。でも、どこでも見かけるようなヌードです。ターゲットは中年男性だから、若い女のヌードでも載せておけばいい、そんな感じなんです。グラビアから気迫が感じられない」

「気迫か？」

「気迫です。どこにでも転がっているようなAV女優なんかの裸でお茶を濁そうとしても、読者は感動しません」

「感動……」

「コンセプトが必要です」

「コンセプト……」

健一がいきなり後ろから真吉の頭を、拳で殴った。ごんという鈍い音が響く。

一瞬真吉の眼がうつろになる。脳震盪を起こしかけたのかもしれない。

「てめえ、調子こいてべらべらしゃべってんじゃねえ。代貸はそんな話に興味はねえんだよ」

真吉は頭をおさえてうずくまっている。

「いてえっすよ」

日村は言った。

「いいんだ。興味がないわけじゃない。真吉、言ってみろ。おまえならどんなコンセプトのグラビアを作るんだ？」

「はい」

真吉は立ち上がった。それほどのダメージはないらしい。石頭だ。

「ずばり、『お宝』です」

「おたから……？　掛け軸やら焼き物やらのことか？」

「価値観は似てますね。つまり、値打ちものを見つけるんです。『お宝』の定義はいろいろあります。骨董的な価値、レアもの、意外性、超一流であること、ブランド……」

「言ってることがわからないんだが……。骨董品のグラビアなんて誰が喜ぶ？」

「それを女に置き換えるんです。まずは意外性。え、こんな人が脱ぐのっていう意外性が大切です。購買層を考えれば、昔のアイドルなんかがいいですね。あと、かつて人気のあったスポーツ選手なんかもいいです」

「そんな女がおいそれと脱いでくれるか？」

「ヌードでなくてもいいんです。セクシーショットなら充分に読者は満足してくれる。大切なのはフェティシズムなんです。ネタはいくらでもあります。アイドルや有名スポーツ選手以外では、女子アナですね。女子アナは若い頃にミスコンや芸能界のオーディションを受けているやつが多いんで、その秘蔵ショットを入手する手もあります。それから、ブランドという意味では制服も考えられます。特に中年男性は、いまだにCAに対する憧れが強い。本物のCAのセクシーグラビアが撮れれば最高ですね。あと、ナースの人気も根強い」

「CAって何だ？」

「キャビンアテンダント。スッチーのことです」

「どれもこれも簡単じゃなさそうだな……」

「正攻法で考えると難しいですよ。でも、俺ら裏稼業じゃないですか」

「おまえ、ツテはあるのか？」

「まあ、ないこともないです。グラビア週刊誌に持ち込むカメラマンなんかにけっこう世話したこともあります」

たしかに表の世界からはアプローチできないことでも、裏稼業になら可能だ。それが、裏稼業の存在価値というやつだ。

それにしても、普段ぼうっとしている真吉がやけに活き活きとしている。他のことにも、これくらいやる気を出してくれればいいんだが……。

女についての真吉のこだわりは無視できないだろう。なにせ、やたらともてるやつなのだ。

「よし、午後にはもう一度会社に行く。おまえ、いっしょに来て『週刊プラム』の編集長にその話をしろ」

「はい」

真吉は目を輝かせた。健一がなんだかおもしろくなさそうな顔をしている。

テツは、真吉の話などに興味はないとばかりに、ずっとパソコンに向かって何か作業をしている。

ほうっておけば、朝から晩まで、いや二、三日はぶっ続けでパソコンに向かっているやつだ。

「テツ、調子はどうだ？」

テツは分厚い眼鏡の奥にある小さな眼を日村に向けた。

「今、あっちこっちのモデラー系の掲示板なんかに、荻原精密加工の噂を流しています」

「なんだか心許ないな……。メーカーに営業とかかけられないのか？」

「この世界、口コミの効果のほうが宣伝や営業より効き目があるんです」

「一週間で工場が健全な回転を始め、二週間で儲けが出る。おまえはそう言ったんだ。忘れるなよ」

「だいじょうぶです」

やけに自信たっぷりなので、逆に不安になってくる。失敗したら、ケツを拭くのは日村なのだ。

頼むぞ、ほんとに……。

日村は心の中でつぶやき、昼飯を食いに出ることにした。

## 5

日村と真吉は、部屋の入り口で立ち尽くしていた。

ひしひしと殺気を感じる。すべての編集者の目はつり上がり、日村ですらおいそれと声をかけられない雰囲気だった。

なるほど、これがコウリョウとかいうやつか。

日村は思った。編集長の片山が戦争だと言っていた。それが実感される。

片山はひっきりなしに、電話をしていた。編集者たちは、ファックスと机をせわしなく行き来している。

「だめだ……」

日村は真吉に言った。「とても話ができる雰囲気じゃない」

「いつもこうなんですか？」

真吉は目を丸くしている。

「いや、今日は特別な日らしい。だが、週に一度はこういうことになるようだ」

「へえ、堅気も楽じゃないですね」

「出直すとしよう。俺はオヤジに言われた仕事がある。おまえは、事務所に戻っていろ」

「あの……、ここにいちゃいけませんか?」

「何でだ?」

「出版社って、ちょっと興味があるんです」

やっぱりこいつも、堅気の仕事に憧れているのか……。

誰だって好きこのんでヤクザなんかになるわけじゃない。若気の至りで、ヤクザに憧れるヤンチャなやつもいないではないが、たいていは、足を洗って堅気の仕事につければいいと考えているに違いない。

ただ、社会がそれを許さない。一度ヤクザのレッテルを貼られると、よほどのことがない限り、表の社会は受け容れてはくれない。

「社員の邪魔はするなよ」

日村が言うと、真吉はぱっとうれしそうな顔になった。

日村は、四階に向かった。

午前中空だった机に何人か座っている。日村は、殿村の机に近づいた。

「しばらく見学させてもらっていいですか?」

「見学……?」

殿村は言った。「観察の間違いじゃないのか?」

「まあ……」

「そこに座っていればいい」

殿村は、自分の机の脇にある小さな応接セットを指差した。

日村はうなずき、どっかと腰を下ろした。編集者たちは、ちらちらと日村のほうを見ている。黒いスーツに白いシャツ。地味な恰好だが威圧的だ。

なんでここにヤクザがいるのか……。

編集者たちはそう思っているに違いない。誰がどんな反応を示すか。まずは、それを見極めることだ。

書籍編集部には、四人の人間がいた。一人は庶務の女性だ。三十歳くらいでぽっちゃりとしており、ジーパンをはいている。

編集者は三人ということだ。一人はスポーツジャケットを着た中年男だ。眼鏡をかけており、いかにもインテリといった顔つきをしている。

一人は背広を着た三十代半ばの男。どろんとした赤い眼をしている。おそらく二日酔いなのだろう。

もうひとりは、ラフなチェックのシャツ姿の若い男だった。

日村のことを一番気にしているのは、インテリっぽい中年男だ。若いチェックのシャツも気にしている。

二日酔いらしい背広姿の男は、あまり気にしていないように見える。

日村は、その男に興味を覚えた。年齢も日村に近い。

「あの方と話がしたいんですが……」

殿村に言った。

「ん……？　島原か？」

「島原さんとおっしゃるんで……？」

「ご期待にそえるかどうか、わからんよ」

「なぜです？」

「あいつはただの酒飲みだ」

「話してみていいですか？」

「そりゃかまわんよ。なんせ、あんた役員なんだろう？」

「どこか二人になれるところはありますか？」

「ここで話せばいいじゃないか」

「二人で話をしたいんです。他に誰もいないところで」

殿村は、編集部の奥にあるドアを指差した。

「会議室が空いているはずだ」

日村は、うなずいた。

「島原さんに来るように言ってください」

先に会議室に向かった。

部屋の中央に大きなテーブルがあり、その周囲にキャスターがついた椅子が並べられている。ホワイトボードがあり、その脇にいくつかの段ボールがあった。

窓際に小さな台があり、その上に電話がのっている。

ドアから一番遠い席に座って待っていると、島原がやってきた。

「失礼します……」

島原は、戸口でそう言うとどうしていいかわからぬ様子で佇んでいた。

「まあ、座ってください」

「はあ……」

島原は、椅子に座った。日村の席から遠からず近からず、妥当な場所だった。

間合いを心得ているじゃないか。

日村は思った。

「今度役員になった日村と申します。あなたがどんな仕事をなさっているのか、具体的にうかがいたいのですが……」

「えー」

島原は、言葉を探している様子だ。「どんな仕事って……、文芸書の編集ですが……」

「すでにおわかりと思いますが、私は出版に関しては門外漢です。具体的にどういう仕事なのか、教えていただけますか？」

「作家から原稿を取ってくる。その原稿で本を作る。それだけです」

「これまでにどんな作家の本をお作りになりましたか？」

「そりゃいろいろです」

「ベストセラーは？」

「大ヒットはありませんね」

「いろいろとご苦労もおありでしょうね」

「そうでもないですよ。私、あんまり苦労をしない主義でしてね……」

「ほう。苦労をしない主義」

「この仕事はね、苦労をしてもそれが報われるとは限らないと、私は思うんです。ならば、気楽にやったほうがいい」

「苦労が報われない……？」

「作家ってのは、なかなか面倒くさい人が多くてですね、熱心にアプローチしても仕事になるとは限らない。人と人との仕事ですから、相性というものもある。社自体の力関係というものもある。それにね、苦労して取ってきた原稿を本にしても、それが売れるとは限らない。どんな本が売れるかなんて、それこそ神様にしかわからない」

「なるほど……」

「ひょっとしたら、俺たちは神を相手に仕事をしているのかもしれない。そう思うときがありますよ」

「昨夜は何をしていたのですか？」

島原は、虚を衝かれたように日村を見つめた。

「昨日ですか？　銀座で飲んでました」

「お一人で、ですか？」

「いえ、作家とです」

「それもお仕事というわけですね」

「まあ、仕事というか……。私の場合、あまり仕事と思っていませんから……。話をしていて楽しい作家と打ち合わせと称して飲みに行くんです。まあ、最近は交際費も限られているので、自腹が多いですけどね」

「交際費が限られている……？」

「出版不況ってやつ以来、広告費、交通費、交際費の３Ｋが削られました。大手の出版社では、まだタクシーのチケットなんか使っているところもありますがね、うちなんて、帰りのタクシーも自腹が多い」

「それでも飲みに行くんですか？」

「作家というのは、一人で仕事をしているのです。じっと部屋に籠もってワープロやパソコンに向かっている。呼び出してやると、喜ぶんですよ。忙しいのなんのといっても、結局銀座あたりに出てきます」

日村は興味を引かれた。

作家などとは無縁の生活を送ってきた。作家と編集者は、いったいどういう話をするのだろう。

「昨日、ごいっしょされた作家の方は、何といわれるのですか？」

「名前いっても、たぶんわからないですよ」

「後学のために教えてください」

「篠原勇一（しのはらゆういち）です」

聞いたことがなかった。もちろん、日村が知っている作家などごく限られている。

「その人は、ベストセラーを書いたことがあるんですか？」

「ありませんね」

「ならば、会社としてはその作家と飲みに行くというのは、あまりプラスにはなりませんね」

「だから言ったでしょう。私は仕事だとは思っていないって……。昨夜の飲み代もたぶん自腹になると思います」

「ならばどうしてその作家と飲みに出かけたんです？」

「篠原勇一が書く小説が好きだからです。いい小説なんです」

「いい小説なのに売れないのですか？」

「この業界には名言があるんです。売れた小説はすべていい小説だ。しかし、すべてのいい小説が売れるわけではない……」

「ほう……」

日村はその言葉について、しばらく考えていた。

「ツキも実力のうちという言葉がありますがね……。まさにこの世界、ツキも稼ぎのうちなんです。売れるか売れないかは、ツキが大きくものを言う」

「たまたまツキがなく、売れていない作家でもいい小説を書いている人はいるというわけですか」

「あたりまえじゃないですか」

島原は皮肉な笑いを浮かべた。「売れてるか売れてないかなんて、紙一重ですよ」

「篠原勇一を売りたいと思いますか？」

「思いません」

「売れなくてもいいと……」

「結果的に売れればいいとは思います。それだけです。問題は、いい小説が書ければいい」

「どんな小説がいい小説なんですか？」

「私の好きな小説です」

「思い切った意見ですね」

「結局、行き着くところはそこなんです。一般受けを狙ってもろくな小説はできない。流行りを追っかけたところで後追いになる。本は、執筆するのに、一ヵ月とか二ヵ月とかかかります。筆が遅い人だと半年や一年、かかってしまう。そして、原稿が上がってから本になるまでだいたい三ヵ月ほどかかります。流行を追っていても、本になるころには時代遅れになっている。だから、作家は流行のことなど考えずに好きに書けばいい。編集者も、売れるかどうかなど考えずに、自分の好きな小説を書く作家を担当すればいい」

「それで商売になりますか?」

「なりますよ。事実、私はそうやってきた」

「殿村さんは、あなたをあまり評価していないようですがね……」

「彼とは仕事のやり方が違いますからね……。それに、経費を一番使っているのは私だから、管理職としては文句の一つも言いたくなるんですよ」

「なるほど……」

日村は、島原の話の内容よりも態度を観察していた。どうせ、専門的な話はわからない。問題は、印象なのだ。

しばらく黙っていると、島原のほうから話しかけてきた。

「あなた、組関係なんでしょう」

日村はどう返事をしていいかわからなかった。だが、ごまかしたところですぐにばれてしまうだろう。

「ええ。そうです。阿岐本組という小さな組で若い衆を預かってます」

「あなた、本を書いてみませんか?」

「え……」

「現役のヤクザが書いたとなれば、きっと話題になる」

こいつ、いい根性してやがる。

日村は思った。

「島原さん。ちょっと、社長のところまで付き合ってください」

「本、書いてみませんか？　私は本気で言ってるんですがね……」

「私に書けるはずがない」

「ゴーストライター用意しますよ」

「その気はありません」

「そうですか」

島原は、かすかに笑った。「あ、それから、私の名前、シマバラではなく、シマハラです。濁らないんです」

阿岐本はにこやかに島原を迎えた。島原はさすがに緊張している。

社長に会うというだけで、一般の社員は緊張するだろう。それが、新しい社長となればなおさらだ。

しかも阿岐本は、現役のヤクザなのだ。緊張するなというほうが無理な注文というものだ。

「あたしはね、何も儲けようと思ってこの会社にやってきたわけじゃないんですよ」

阿岐本は言った。「でもね、傾いた会社をなんとかしようと思っている。それでね、活きのいい人材がほしいわけだ」

「はあ……」

島原は言った。「しかし、私より若い者はたくさんいます」

阿岐本はかぶりを振った。

「ただ若いだけじゃだめなんだ。活きがいいってのはね、そういうことじゃないいんだ。こいつはね、人を見る眼がある。こいつが見込んだやつは、たいていいい仕事をしてくれる」

阿岐本はくいと顎をしゃくって日村のほうを指し示した。

島原は、ちらりと日村のほうを見た。

「あんたにね、書籍を預けようと思ってね」

島原は、目を丸くした。

「あの……、それはどういうことで……？」

「あの殿村ね、あいつと入れ替わってもらおうと思ってね」

この言葉には日村も驚いた。

まさか、阿岐本が人事にまで口を出すとは思わなかった。

「それは……」

島原はうろたえている。「つまり、私に書籍の部長をやれということですか？」

「そうだ」

「無理です」

島原は言った。「私はそんな器じゃない」

「なに、この日村が見込んだんだから、だいじょうぶだ」

日村は落ち着かない気分だった。

まさか、部長に据える人材を選べと言われたとは思わなかった。それならそうと、先に言ってくれれば、もっと注意深く人選したのだ。

「私は、現場で仕事をするのが好きなんです。管理職は向いていません」

「現場が好きなら、おやんなさい。頭が先頭に立って動くのもいいことです」

「いや、そういうことじゃなくて……」

「島原さん」

阿岐本の眼が据わった。「あたしはね、頼んでいるわけじゃねえんだ。これはね、社長の決定なんですよ」

島原の顔色が変わった。

さすがに、迫力がある。ちょっと凄んだだけで、日村もぞっとするほどだ。貫禄が違う。

島原は無言で立ち尽くしていた。

「さっそく殿村さんと入れ替わってもらおう」

話は終わりだった。

島原は社長室を出て行った。

「失礼します」

日村はそう言って島原を追った。

島原は、総務部の真ん中で茫然としている。日村は言った。

「昇進ですね。おめでとうございます」

　それしか言葉が見つからない。

「こんな会社で昇進したところで、何がめでたいもんですか。私はね、責任をおっかぶされるのが、何より嫌なんですよ」

　俺もまさかこんなことになるとは思わなかった。日村は心の中でつぶやいた。口が裂けても島原にはそんなことは言えない。

「だいじょうぶ。あなたなら、できますよ。社長も言っていた。現場が好きなら、現場の仕事を続ければいい」

「殿村さんの気持ちも考えてくださいよ。いきなりの降格人事だ。しかも、私と入れ替えということは、平の編集者に逆戻りするわけですよ。そりゃあ、いくらなんでも……。私、社内で怨みを買ったりするのも嫌なんです」

　日村は、辛抱強く言った。

「あなた、好きな作家に好きな小説を書かせるのが楽しみだとおっしゃった」

「そう。気楽に仕事をするのが好きなんですよ」

「じゃあ、それを部内で徹底させたらどうです？　すべての編集者にその方針を徹底させる。それでいいじゃないですか」

「みんな私の言うことなんて聞きませんよ。特に、殿村さんは反発するでしょうね」

「言うことを聞くか聞かないかは、後の問題です。とにかく方針を出す。これが先決でしょう」

島原はぼんやりとした眼で日村を見ていた。パニック状態なのだ。

「もっと楽に考えてください」

日村は言った。「やる仕事は今までと変わらない。肩書きが増えただけ。そう思えば、気が楽でしょう。そして、好きな作家に好きな小説を書かせる。それを部の方針にする。あなたが、率先してその方針を守る。それだけでいい」

島原の眼にようやく落ち着きが見えてきた。

「とにかく、私は正式な辞令を待つことにします」

日村はうなずいた。

ヤクザは短気だと思われがちだ。だが、ヤクザは短気ではつとまらない。こうして、気長に相手を説得することを学ばないと、仕事にならない。

島原が四階に向かったので、日村は社長室に戻った。

「思い切ったことをなさいましたね」

日村は、阿岐本に言った。阿岐本は平然としている。

「社長なんだから、会社のことを考えるのはあたりまえだ」

「まだ、社内の全員に挨拶もしておられないのに……」

「この人事異動が挨拶代わりだ」

「もう少し慎重に事を進めたほうが……」

「おい、誠司」

阿岐本はあきれたように言った。「俺たちは何だ？　もともとは博徒じゃねえか。博打がシノギだ。人生も博打、仕事も博打だ。いいか。まっとうなことをやっていて、極道が社長をやる意味あるか？」

まっとうだろうがなかろうが、極道が出版社の社長をやる意味などないと、日村は思ったが、黙っていた。

「博打なんだよ、商売なんて。みんなそれを忘れてるんだ。さ、この話は終わりだ。人事異動のこと、総務の金平にいって手筈を整えておけ」

ノックの音がした。

阿岐本が返事をすると、ドアが開き金平が顔を出した。

「おう、いいタイミングだ。今、日村があんたに会いに行くところだったんだ」

「あの……」

金平は、びくびくしている。「『週刊プラム』の編集部にいる若い方は、おたくの方ですか？」

真吉のことだ。

すっかり忘れていた。

日村はこたえた。

「そうですが、何か……？」

「何かトラブルがあったようなんで……」

阿岐本が日村に尋ねた。

「誰のことだ？」

「真吉です」

「真吉が社に来てるのか？」

「『週刊プラム』のグラビアについて、言いたいことがあるそうで……。ま、その件は後ほど説明します。とにかく行ってきます」

金平とともに三階に向かった。

何やら殺気立った雰囲気だ。コウリョウのせいばかりではなさそうだ。真吉が何かやらかしたに違いない。

「何事です？」

日村が尋ねた。社員の一人がこたえた。

「あっちです。給湯室……」

行ってみた。

若い女子社員が泣いている。乱れた服をあわてて直したように見える。

となりには真吉がいる。

その前にたくましいジーパン姿の男が仁王立ちになっている。髪を短く刈っており日焼けしている。

「何があった？」

日村が尋ねると、真吉がすがるような顔で言った。

「あ、日村さん。誤解なんです」

「何が誤解だ」

たくましく日焼けしたジーパンの男が言った。「こいつ、社内でとんでもないことをやろうとしていたんだ」

「どういうことか説明してください」

日村はその男に言った。

「あんたは？」

男は身構えた。角刈りに黒スーツ、ノーネクタイの日村を見て、すぐに素性がわかったらしい。

「日村といいます。新しい役員です」

「役員……？」

「はい。社長が替わったのはご存知で？」

「知らん。俺は契約のカメラマンだ。小出という」

「それで、小出さん、どういう経緯なんで？」

「俺がトイレに行こうとして、何気なく給湯室をのぞくと、こいつが彼女の服を脱がせようとしていたんだ」

「違います」

　真吉が泣きそうな顔になった。「逆ですよ。こんなところでそんな恰好しちゃだめだって言っているところに、その人が通りかかって……」

　カメラマンの小出が真吉に言った。

「じゃあ、なんでその人は泣いてるんだ？」

「あんたが、大声で、何してる、なんて怒鳴るから、人が集まっちゃって……。彼女だって恥ずかしくて、泣くしかないじゃないですか……」

「真吉」

　日村は言った。「何があったのか、おまえから説明してみろ」

「何って……。自分、『週刊プラム』のバックナンバーのグラビアを見たくて、彼女にどこにあるかって尋ねたんです。他の人、すごく忙しそうだったし……。あ、彼女は契約社員なんです。彼女、案内してくれて、そこでちょっと話をして、自分が撮りたいグラビアの話をして、あ、君、すごく魅力的だね、オフィスでセクシーショットなんか撮ったら最高だね、なんて話をしていて、じゃあ、給湯室なんてどうよ、てなことになって、おお、いいねって、ここにやってきて……。そうしたら、彼女シャツのボタンをはずして、こう……、いや、肩脱ぎですよ。こうやって肩を出しただけ。ちょっとふざけてただけですよ。それで、自分、あわてて、ちょっと他の社員さんもいるし、まずいよ、なんて言っているところに、その人が通りかかって……」

「あほか」

カメラマンの小出が言った。「そんな話、誰が信じる」

「だって、本当のことですよ」

「じゃあ、彼女に聞いてみるといい」

「だめですよ」

真吉が言った。「こんな状況になって、彼女から本当のこと言わせるなんてかわいそうですよ」

日村は溜め息をついた。

真吉の言い分は、おそらく誰も信じないだろう。だが、日村は本当だと思った。

真吉ならあり得る。

なぜか真吉の前では、どんな女も無防備になる。不思議な力があるとしか思えない。

日村が眼を離していた時間は、一時間に満たない。それでも女が一人真吉になびいてしまったというわけだ。

真吉が言った。

「これ以上、彼女を傷つけないでください。ただちょっとふざけていただけなんですから……」

日村はうなずいた。

「わかった。ここは私にあずけてください」

カメラマンの小出が気色ばんだ。

「冗談じゃない。職場でのセクハラはれっきとした犯罪行為だぞ。いや、セクハラどころじゃない。これは強制猥褻（わいせつ）かもしれない」

「小出さん」

日村はつとめて穏やかな口調で言った。「犯罪については、おそらく私らのほうが詳しい。あなたがたは、単なる知識かもしれないが、私らの場合、生活がかかってますんで……」

「フリーのカメラマンをなめるなよ」

小出は、後に引かない様子だ。「こっちだって、違法すれすれのところで稼いでるんだ」

「とにかく、ここではナンですんで、こっちで話をしましょう。おい、真吉、おまえも来い」

真吉はすっかりしょげかえっている。

日村はまだ泣いている若い契約社員をちらりと見て、金平に言った。

「あとのことは頼みます」

「はい……」

金平は、すさまじい難題を押しつけられたような顔でうなずいた。

四階に会議室があった。各階同じような作りだから、三階にもあるだろうと踏んで目星を付けて向かうと、そこは足の踏み場もない部屋だった。

さまざまな書類だの段ボールだのファイルだの雑誌だのが積み重なっている。

「何だ、この部屋は……」

思わず日村はうなった。

小出が言った。

「もとは会議室だったんだ。いつの間にか物置になってしまった」

「会議はどこでやるんです？」

「たいていは、資料室を使う。四階の会議室が空いていればそこも使う」

「資料室？」

「こっちだ」

小出について別の部屋に向かった。そこには、『週刊プラム』をはじめとするさまざまな雑誌がずらりと並んでいた。

ロッカーや書棚の間の小さなスペースにテーブルがあり、その周囲にいくつか椅子が並んでいる。なるほど、少人数での会議ならここでやれそうだ。

「まあ、座ってください」

日村は、小出と真吉に言った。

小出が座ると、真吉もおずおずと腰を下ろした。二人が座るのを見てから、日村もおもむろに椅子に腰かけた。

「俺は、納得してないからな」

小出が言った。「こいつは、強制猥褻の現場を俺に発見されたんだ」

「そんな……。本当に、さっき言ったとおりなんです」

真吉が訴えかけてくる。

日村は言った。

「信じられないでしょうが、こいつが言っていることは、たぶん本当です」

「ばかな。美紀ちゃんがそんなことをするはずがない」

「美紀ちゃんとおっしゃるのですか、あの契約社員の方」

なぜか、小出はばつが悪そうな顔をした。

「橋本美紀っていうんだ」

なるほど、と日村は思った。

どうやらこのカメラマンは、橋本美紀という契約社員に気があるようだ。だから、こんな騒ぎになってしまったのだ。

「あなたが、大声を出したことで、橋本さんに恥をかかせる結果になってしまいました。そのことはお認めになりますね」

「あんなことをしているのを、黙って見過ごせというのか？」

「何も大声で騒ぎ立てることはなかったんです」

「俺は……」

小出は、ふと眼を伏せると、声を落とした。「俺はびっくりしたんだ。それでつい……」

日村はうなずいた。

「こいつは、見かけはちゃらちゃらしてますが、決して自分から女に手を出すようなやつじゃないんです」

「事実、出してたじゃないか」

「その点については、私はこいつの言い分を信じます。こいつは、不思議なやつでしてね……。何がいいのか、女はたいていこいつに、えーと、どういったらいいのか……、好感を持ってしまいます」

「美紀ちゃんのほうから言い寄ったとでも言いたいのか？」

「それほど大げさなことではないでしょう。ただ二人はふざけていただけです」

「ふざけていただけで、女が給湯室で肌を見せるか、普通」

「だから、こいつは普通じゃないんです」

「いや、自分、別に普通だと思ってるんですけど」

「おまえは、しばらく黙ってろ」

健一がいたら、また後ろから頭を殴られているところだ。

「小出さん」

日村は、正面から相手の眼を見据えた。小出は、気圧されたようにわずかに身を引いた。

「あなた、カメラマンとおっしゃいましたね」

「そうだが……」

「『週刊プラム』のグラビアを担当しているんですか？」

「モノクロのほうだけどね」

「カラーのグラビアはやらないんですか？」

「うちのカラーは、アリモノがほとんどだよ。写真集の捨てカットとか、ＡＶのパブリシティーとか……」

「やっぱりね……」

真吉が言った。「だからおもしろくないんだ」

「おまえは黙っていろと言っただろう」

日村が言うと、真吉はしゅんとなった。

「この真吉は、グラビアに関していろいろなアイディアを持っていましてね。やり方次第で、『週刊プラム』のグラビアをもっと充実したものにできると言ってるんです」

「オリジナルの写真を撮るには金と暇と労力がかかる。芸能プロダクションなんかとのコネも必要だ。そりゃ誰だって充実したグラビアを作りたいと思っているさ。だが、ここみたいな弱小出版社の、売れない週刊誌じゃとても大手の週刊誌みたいにはいかない」

「コネに関してはなんとかなりますよ。私らは、いろいろなコネを持っている。表の社会では手が出せないようなところにもね……」

小出は、眉をひそめた。

不気味さ半分、興味半分といった顔つきだ。少なくとも、話を聞く気にはなったようだ。

「あとは、アイディア次第ということです。そこで、あなた、この真吉と組んでカラーのグラビアをやってみませんか？」

「何だって……」

　小出は、口をぽかんとあけて日村を見つめた。真吉も驚いているのが気配でわかる。

「アイディアがあってもそれを実行する人がいなければ絵に描いた餅で終わってしまう」

「待ってくれ。俺はどちらかというと報道系のカメラマンなんだ。女を撮るのはお門違いだ」

「報道系のカメラマン？　報道カメラマンということですか？」

　ヤクザは、こうした些細(ささい)な言葉のニュアンスを逃さない。

「いや……」

　小出は口ごもった。「報道カメラマンを目指していたんだ。だけど、食っていくのはなかなかたいへんでね……。まあ、志向としては報道なんだけど、実際は何でも屋で……」

「つまり、何でも屋なんですね？」

「ん……、まあ、今のところは……」

「カメラのプロだってことは、女も撮れますね？」

「いや、そもそも報道カメラマンと、女を撮るカメラマンというのはテクニックも違って……」

「女は撮れないんですか？」

「いや、そういうわけじゃない。何だって撮れるよ。ただ、写真集を手がけるような一流どころと比べられると……」

「撮れるんですね？」

「撮れるさ。カメラがあればな。俺もスタジオでモデルの撮影くらいはしたことがある」

日村は真吉に尋ねた。

「『週刊プラム』のカラーグラビアに、売れ線のアイドルの写真集を撮るような一流のカメラマンが必要か？」

「そりゃ、うまいに越したことはありませんよ」

「この人じゃ不足だと思うか？」

「どうでしょう。自分、この人の写真、見たことないですし……」

小出はむっとした顔になった。

「撮れるといってるだろう。俺みたいなカメラマンは、どんな仕事でもこなさなきゃならないんだ」

「グラビアは、週刊誌の華ですよ」

真吉は言った。「いくらいい記事が載っていても、多くの読者はまずグラビアに食いつくんです」

「俺には、荷が重いというのか？　チャンスさえあれば、俺だっていい仕事をする自信はある」

日村は心の中でほくそ笑んでいた。

揉め事の仲介は、ヤクザの得意技だ。揉め事をおさめて、そのカスリをいただく。それもシノギの一つだ。

だから、本物のヤクザはいくらでも我慢強くなれる。人を説得して得を取る。相手は食い物にされたことも気づかず、揉め事が解決してよかったと感じる。そういう状況を作るのが一流のヤクザというものだ。

「あなたは、カメラの腕を持っている。この真吉はアイディアを持っている。二人がそろえば、『週刊プラム』のグラビアを今よりずっといいものにできる」

小出は、ちらりと真吉を見て、何事か考えていた。

やがて、彼は言った。

「そのアイディアってのは、さっきちらりと言ったようなことか?」

真吉がこたえた。

「本質は、『お宝』感覚です。そして、中年サラリーマンたちの妄想です。誰にも言えないけど、ひそかに抱えている妄想というのが誰にでもあります。フェチといってもいい。また、青春時代の情熱を呼び覚ましてやることも一つの手です。昔のアイドルのセクシーショットは、いまだに人気があります。それからブランド。CAやファーストフードの制服、婦警の制服なんかも人気が高い。オフィスでのセクシーショットは、サラリーマンの妄想をかきたてます」

「俺だけじゃ無理だ。たとえば、往年のアイドルを脱がせるとなると、編集がプロダクションや本人を口説かなければならない。そういうグラビアはたいてい写真集を出すときのプロモーション・カットなんだ」

「自分、脱がし屋を知ってるんです」

「脱がし屋？」

「もともとは、音楽評論家だったんですけどね、食えなくなっていろいろな仕事に手を出した。レコード会社や芸能プロダクションに顔が利いたので、それをもとに、写真集なんかの段取りをする仕事を始めたんです。デビューしてちょっと売れたけど、その後鳴かず飛ばずで、もう一花咲かせたいと思っているような女優やアイドルってたくさんいるじゃないですか。そういう人を口説いてＶシネマやＡＶに送り込む仕事が主です。ヌード写真集の企画を立てて、出版社に持ち込んだりする仕事です」

「そんなのが仕事になるのか？」

「けっこう儲けてますよ。誰だって、女優やアイドルに、ＡＶに出ませんか、とか、ヘアヌード撮りませんか、とか口説くの嫌じゃないですか。人が嫌がることって、金になるんです」

人が嫌がることが金になる。

真吉も裏稼業というものがわかってきたと、日村は思った。世の中、精神的苦痛をうけたり手間をかけるよりも、手っ取り早く金で問題を解決したいという連中はけっこう多い。それを請け負うのが裏稼業というわけだ。

「それでも、契約のカメラマンとそこの若いのだけじゃページは確保できない。グラビア担当の記者を巻き込まなければ……」

小出が言った。

「あなたがいつも組んで仕事をされる方はどうです?」

「モノクロページの担当だ。カラーとは担当が違う」

「では、担当替えをしましょう」

「何だって?」

「私は出版担当役員なんです。それくらいの人事権はあるでしょう」

「編集部内の担当は、編集長が決める」

「説得しますよ」

日村は言った。「説得するのが、私らの仕事です」

## 6

片山が紅潮した顔で、そう報告に来たのは、校了から四日後のことだ。

「完売だ」

「例の手打ちの件が、スクープになった。『週刊プラム』が完売なんて、始まって以来のことだ」

完売というのが、どれほどのことなのか日村はぴんとこない。だが、片山の様子からすると、かなり喜ばしいことなのだろう。

「よかったですね」

「ヤクザ……、いや任侠団体の記事は、うちの売り物の一つだ。そこでスクープを出せるというのは、大きな強みだ」

「無理に任侠団体などといわなくても、ヤクザでけっこうです」

「これからも、社長から話が聞けるかな？」

「よろこんでお話しすると思いますよ」

「ありがたい。二度三度とスクープを重ねれば、『週刊プラム』の評価は確固としたものになる」

「私はさらに『週刊プラム』の売り上げを伸ばしたいと考えています」

「ほう……」

片山は、でかい栗のような顔をわずかに近づけてきた。「どうするんです？」

「グラビアの充実です。うちの若い者がいろいろなアイディアを持っていまして……」

「話を聞きましょう」

おそらく、完売という事実がなければ、耳を貸さなかったかもしれない。

「ついては、少しばかり担当の入れ替えをしたいのですが……」

ふと、片山は用心深い顔つきになった。

「書籍の殿村と島原を入れ替えたそうだな。無茶な人事だと、社内で評判になっている」

「まあ、私もあの件については驚いていますが、社長の言うことには逆らえません」

「そうだな。この会社を建て直しにきたという奇特な社長だからな。それで、『週刊プラム』の担当の入れ替えというのは？」

「カメラマンの小出さんと組んで仕事をされている編集の方を、カラーグラビアに回したいのです」

「カラーグラビアの誰かをモノクロと入れ替えるというわけか？」

「そうですね」

片山は、数秒考えてから言った。

「問題ないだろう。もし、それでさらに売り上げが増えるんならな」

「確信はありませんが、やってみる価値はあると思います」

「それで、どんなアイディアなんだ?」

日村は説明しようとして、ふと考え込んだ。真吉が言っていたことを半分も理解していなかったことに気づいた。いざ、説明しようとして、どこから話していいかわからない。

「本人から直接話を聞いたほうがいいでしょう。今日は時間がありますか?」

「ああ、比較的暇だ」

「あとで、その若い者を連れて編集部のほうにうかがいます」

「わかった」

片山が日村の机の前を去ろうとしていると、金平が青い顔でやってきた。

日村は、金平が落ち着いているところを見たことがないような気がした。

「どうしました?」

日村が尋ねた。

「あの……、『週刊プラム』の記事の件で、クレームなんです」

片山が顔をしかめる。

「どの記事だ?」

「暴力団関係の……」

そこまで言って、金平は、はっと日村の顔を見た。「いえ、任侠団体の……」

「暴力団でいいです」

日村は言った。「例の手打ちの記事ですね？」

「はい」

「社に来てるのか？」

片山が尋ねると金平はうなずいた。

「……ということは、社長やあんたと同業者だな」

片山は、溜め息をついた。「よし、とにかく、話を聞こう」

「いえ」

日村が言った。「ここは私が行きましょう。どこにいます？」

「三階の応接室に通してあります」

「俺も同席する。編集長が顔を出さなければ相手もおさまらないだろう」

日村、片山、金平の三人で三階の応接室に向かった。

ドアを開ける前から、相手の大声が聞こえる。まずはどんなやつが来ているのか、わずかにドアを開けて、中の様子をうかがった。

相手は二人いる。見るからにその筋とわかる恰好だ。パンチパーマに太いストライプのダブルのスーツ。開襟シャツに太い金のネックレス。

もうひとりは、黒いスーツに口髭、薄い色のついたサングラス。髪を短く刈り、もみあげを長くしている。

「だからね、勝手にこういうことを記事にされちゃ困るんだよ。これね、名前は伏せてあるけどね、同じ稼業の人間が読めば誰のことかすぐにわかっちまう。これね、まだ枝（えだ）の連中も知らなかったことなんだよ」

パンチパーマのほうがねちねちと因縁をつける。

突然、若いサングラスのほうが吠える。

「わかってんのか、こら」

どうやら、総務部の若い社員が応対しているようだ。

「なんだ……」

日村は言った。「マサじゃないか……」

金平が日村に尋ねた。

「ご存知の方ですか？」

「オジキの組の下部団体のやつらだ」

パンチパーマのマサがさらに続ける。

「だからね、こういう記事は事前に挨拶が必要だろうって言ってるんだ。ま、出ちまったもんは仕方がねえ、それ相当の慰謝料っていうのかな、そういうの必要でしょう……」

日村は大きくドアを開けはなって応接室に入っていった。片山がそれに続き、金平がそっとドアを閉めた。

マサがぎろりと、日村を睨んだ。

その表情がゆっくりと変わっていく。ぽかんと日村を見つめている。

「日村さん……。どうしてここに……?」

「マサ、話があるんなら、俺が聞こう」

「なんで日村さんが……」

マサの隣にいるサングラスの若いのが立ち上がった。反射的に深く腰を折って礼をしている。

日村は、マサたちからすると親の親の親戚筋ということになる。

「知らなかったのか?」

日村は言った。「この会社は、うちのオヤジが社長をやってるんだ」

「うそ……」

マサは顔色を失った。「だって、事前に会社四季報を調べましたぜ……」

「登記簿までは調べなかったようだな。最近変わったんだ。仲介してくれたのは、永神のオジキだ」

マサは、どっと汗をかきはじめた。

「いや、まさか、その……」

「気づかいはわかるがな、関西の本家にそこまで義理立てすることはねえだろう。おまえんとことは、それこそ筋違いだ」

「あの、日村さん……」

マサは何か言い訳しようとして、あきらめた。下を向いてしまった。となりの若い衆は、どうしていいかわからない様子で突っ立ったままだ。

日村は、内ポケットから財布を取り出した。一万円札を三枚取り出して、マサの前に置く。

「これは、交通費だ。俺も最近シノギがきついし、その上、こんなつぶれかけた会社を切り盛りするはめになった。今日のところは、ポケットから出せるのはせいぜいこんなところだ」

「いえ、日村さんからはいただけません」

「取っておけ。記事について、一般読者の方がわざわざ問題を指摘しにいらしたんだ。手ぶらで帰すわけにはいかねえ」

マサは顔を上げた。泣きそうな顔をしている。

「すいません。いただきます」

マサは三万円を両手に取り、拝むように額の高さまで上げた。

「ご苦労だったな」

「あの……。このことは、永神の大親分にはないしょにお願いできますか？」

「いちいちそんなことは報告しねえよ」

「ありがとうございます」

マサは、そそくさと立ち上がった。一刻も早くその場から立ち去りたい様子だ。

「それからな、マサ」

マサはぎくりと身動きを止める。

「はい……」

「何か、耳寄りな話があったら、この片山っていう編集長に教えてやってくれないか。電話でもいい。記事にできるようだったら、それそうとうの情報提供料も支払う」

マサの顔が明るくなった。

「わかりました。失礼します」

マサと若い衆の二人が部屋を出て行くと、金平がほうっと息を吐いた。応対していた総務部の若い社員はぐったりとしている。

「お見事です」

金平が言った。「勉強になります」

「こんなこと、勉強しなくてけっこうです」

日村は言った。「素人衆にこんなことを学ばれると、私らやりにくくってしょうがない」

午後に真吉が社にやってきたので、片山と三人で打ち合わせをやった。

最初、真吉のいかにもチンピラという恰好を見て、胡散(うさん)臭そうな顔をしていた片山も、話を聞くうちに乗り気になったようだ。特に、真吉が『脱がし屋』を知っていると聞いて、現実味を覚えたらしい。

片山は、真吉のアイディアを採用することを決めた。真吉は、契約社員という形で、『週刊プラム』編集部に机を置かせてもらうことになった。

「この出版社に、自分の机がもらえるんですか？」

真吉は、うっとりとした顔になった。

「その代わり、結果を出せ。野球選手といっしょだ。結果がすべてだぞ」

「はい」

「今日は事務所に戻っていろ。明日からは、こっちへ出勤するんだ」

「わかりました」

会議を終えて、エレベーターホールにやってくると、ふと甘い匂いがした。

真吉がはっと振り返った。『リンダ』の太田紅美子編集長が通りかかった。

彼女は立ち止まると日村に言った。

「社長が言っていた、例の件だけど……」

「何でしたっけ？」

「芸能人を使えっていう話」

「ああ……」

「うちの編集部では、経験がないのよね。芸能プロダクションにもチャンネルはないし
……」

「芸能界なら、何とかなりますよ」

真吉が言った。太田紅美子は、胡散臭げに真吉を見た。

「この人、誰？」

「『週刊プラム』の契約社員です。グラビアを担当します」

「本当に、芸能界に顔がきくの？」

「そっち方面の人、何人か知ってますから……」

太田紅美子は、腕を組んで真吉を見つめた。腕組みをしたことで、胸が強調された。

「ふーん。じゃ、便宜をはかってもらえるのね」

「自分にできることでしたら……」

「わかったわ。社長の言いつけですからね。一度はやってみましょう」

太田紅美子は、そう言うとハイヒールの踵を鳴らして歩き去った。

その後ろ姿を見送っていた真吉が言った。

「いい女ですね」

「そうか？　きつい女だと思うがな……」

「きつさと見た目が釣り合ってます。バランスがいいんです」

「おい」

日村は言った。「社内で女に手を出すのは御法度だぞ」

「だいじょうぶです。自分からは、絶対に手を出しません」

「自分からは、って言い方、気になるな。もし、女がなびいてきても、絶対に手を出すな」

「わかりました」

「事務所のほうになかなか顔を出せない。あっちは問題ないか？」

「ええ。三橋の兄貴が仕切ってくれています」

健一なら、何とかやってくれているかもしれない。

「何かあったら、すぐに知らせろと健一に言っておけ」

「はい」

真吉はエレベーターで一階に降りた。日村は上に向かうエレベーターに乗った。ふと、書籍編集部のことが気になり、四階で降りた。

そっと文芸書籍の机の島をうかがう。

部長の席に、島原が座っている。まだ居心地が悪そうだ。

島原が座っていた席に、殿村の姿がある。こちらに背を向けている。何をしているかわからないが、島原と殿村の間にぴりぴりしたものが感じ取れる。

そりゃそうだよな……。

日村は、溜め息をつくと、そっとその場を離れた。

## 7

終業時間が近づいた。編集部の面々はまだ会社に残っているが、総務部のほとんどは定時に帰宅する。

社長の車は、稔が運転することになっている。稔は、夕刻に迎えに来ることになっていた。本来ならば、会社に詰めていたほうが便利なのだが、そうなると事務所に人手が足りなくなる。

阿岐本が社長室から出てきた。日村は立ち上がった。

「おう、日村。飲みに出かけねえか？」

「自分は事務所に戻るつもりでしたが……」

「何かあったら、連絡が来るんだろう」

「はい。そういうことにしてあります」

「じゃあ、いいじゃねえか」

阿岐本は、飲み歩くのがそれほど好きではないはずだ。地元にいるときは、日村を誘うことも珍しい。

「お供します」

「あいつも誘ってみろ」

「あいつ……？」

「何てったっけ？　書籍の元部長だ」

「殿村ですか？」

「そうだ。誘ってみろ。俺は車で待ってる」

　そういうことだったのか。

　阿岐本はそれなりに気をつかっているということだ。素人なら、避けて通りたいところだ。だが、ヤクザはそうはいかない。人間関係にしこりを残すと、命取りにさえなる世界だ。

　こういうところは、さすがだな。

　日村は、そう思いながら四階に向かった。殿村は昼間見たときと、まったく同じ恰好で机に向かっていた。

　何かの紙の束に向かっている。

　日村が呼びかけると、殿村は首だけを向けた。

「何です？」

「社長が飲みに行かないかと言ってるんですが……」

　怪訝そうな顔をした。

「へえ、社長が平社員を飲みに誘うんですか？」

皮肉な口調だ。

「社長はそういう人です」

「仕事中なんだがな……」

「では、社長にそう言っておきましょう」

殿村は、迷惑そうに溜め息をついてから、紙の束を机の引き出しにしまった。

「まあ、別に急ぎじゃないしな……。急ぎの仕事なんて、今の俺にはない」

「ごいっしょしていただけるのですね？」

「どこへ行くんだ？」

「さあ……」

「まあ、いい。行こうじゃないか」

役職では日村のほうが上だが、年齢は殿村のほうがずっと上だ。日村は、どうしても長幼の序ということを考えてしまう。阿岐本からそういう教育をされている。

だから、つい敬語を使ってしまう。

だいいち、俺を役員に据えること自体が不自然なのだ、と日村は思う。

「おう、来たか。まあ、乗れ」

玄関先に黒塗りのシーマが駐車している。阿岐本が後部座席のウインドウを開けて声をかけてきた。

殿村は、どの席に乗るべきか迷っている様子だ。

「どうぞ、社長のとなりに……」

日村はそう言って、後部座席のドアを開けた。

「あんた、役員だろう。平社員にそんな気はつかわないでくれ」

殿村がまた皮肉な口調で言った。

日村は何も言わず殿村が乗り込むのを待って、自分は助手席におさまった。

「どこへ向かいます？」

日村が尋ねると、阿岐本は言った。

「文壇バーというところに行ってみたい。殿村君の知っている店を教えてくれ」

「文壇バーですか？」

「そうだよ。私も出版社の社長だからね」

「他社の社長は、文壇バーなどには滅多に顔を出しませんよ」

「私は行ってみたいんだよ」

「わかりました。銀座の日航ホテル前までお願いします」

稔は静かに車を出した。元暴走族とは思えないほど、稔の運転は丁寧だ。テクニックに自信がある者の運転ほど、丁寧で安心感があるのだと、いつか稔が言っていた。そんなものかもしれない。

夕方のラッシュがまだ続いている。銀座にたどり着くまで小一時間もかかってしまった。

その間、車の中では誰も口をきかなかった。阿岐本は悠然としているが、殿村は緊張している。

親分の車でヤクザに囲まれているのだから、当然かもしれない。殿村は、阿岐本や日村の素性をそれほど気にしていないように振る舞っている。

だが、まったく気にしない素人などいないはずだ。

日村も、阿岐本が何か言ってくれないかと思いながら黙っていた。

やがて、車が日航ホテルの前に着いた。

「ここからは歩いたほうが早いと思います」

殿村が言った。

「わかった」

三人は連れだって日航ホテルの脇から並木通りに入った。稔は、駐車禁止のチケットを切られないように、呼び出しがあるまで適当に場所を変えて待ち続けるのだ。

通りの両脇のビルには、ぎっしりと飲食店の看板が並んでいる。阿岐本組の地元は下町なので、日村は銀座にはあまり縁がない。

派手に飲み歩く時代でもない。バブルの頃に銀座・赤坂・六本木を飲み歩いていた同業者もいたが、たいていは大組織の傘下で土地絡みで儲けた連中だった。

看板を見上げて圧倒される気分だった。よくこれだけの飲食店がひしめき合っていて、つぶれないものだ。

日村は、お上りさんの気分だった。

殿村は、立ち並ぶ雑居ビルの一つに入っていく。エレベーターに乗り、三階のボタンを押した。

阿岐本は、地味めなグレーのスーツに、白いシャツ、目立たないネクタイをしている。服装だけは堅気のようだ。だが、やはり雰囲気が違う。見る人が見れば、素性はすぐにわかってしまうだろう。

日村は、いつものとおり、黒のスーツにノーネクタイだ。

殿村は、廊下に並ぶ店のドアの一つを開けた。ドアの前の敷物に『マリリン』と書かれている。店の名前だろう。

「いらっしゃい」

複数の女性の声がする。

殿村は、まず阿岐本に先を譲り、すぐあとに続いた。阿岐本は堂々としている。

日村は、文壇バーなど場違いではないかと、おそるおそる店に入った。

「あら、殿村さん。今日は早いですね」

若いホステスが声をかける。客は誰もいない。日村たちが口開けだ。

殿村は一番奥の目立たない席に進んだ。

「社長、どうぞ」

殿村に進められ、阿岐本はどっかとソファに腰を下ろした。殿村は、間をあけてその横に座る。

日村は、殿村の向かい側の一人掛けのソファに座った。

若いホステスがオシボリを持ってやってきた。胸の大きくあいたドレスを着ている。

「そこ、失礼していいですか？」

阿岐本と殿村の間のスペースのことだ。

「どうぞ、いらっしゃい」

阿岐本がにこやかにこたえる。

ホステスは、みなにオシボリを渡してから、阿岐本と殿村の間におさまった。

なんだ、普通のミニクラブじゃないか。

日村は思った。

ハコは、それほど大きくない。席の数も少ない。女性の在籍も十人に満たないだろうと読んだ。

「ママはまだか？」

殿村が、若いホステスに尋ねた。

「こんな時間に来るはずないじゃない」

「それもそうだな……」

それを聞いて、阿岐本が言った。

「なんだ、重役出勤かね？」

殿村がこたえる。

「こういう店は、遅くに混むことが多いんです。文壇関係のパーティーなんかあると、お店の女の子がお手伝いに行かなきゃならないし……」

「ほう、パーティーに出張するのか？」

「まあ、客を引っぱってくるのが目的ですけどね」

「あら、そのわりには、最近みんな来てくれないじゃないですか」

「ばか言え」

殿村が言う。「この店は、入っているほうだぞ」

他のホステスが来て、殿村のボトルで水割りを作った。

殿村が言った。「わが社の新しい社長と、役員だ」

「紹介するよ」

ホステスたちが名刺を出した。

殿村と阿岐本の間に座っている子が、のぞみ、日村のとなりで水割りを作った子が、マリという名だ。

そのときになって、日村はまだ名刺がないことに気づいた。社長も名刺がないのでは恰好がつかない。まさか、ここで杉の薄板に筆字の本職の名刺を出すわけにもいかない。

金平に言って急いで作らせなければ、と思った。

「社長の阿岐本です。こっちは、日村だ」

名刺がなくても、阿岐本は平然としている。

ホステスたちとの挨拶が済むと、阿岐本は殿村に尋ねた。

「よく来るのかね？」

「最近では、何かのパーティーの流れで来るくらいですね。島原ほど通ってませんよ」

「島原って誰だ？」

殿村は、一瞬むっとした顔をした。日村はひやりとして、言った。

「新しい部長ですよ」

「ああ、そうか」

阿岐本は気にも留めない。「部長はよく飲みに来るのか？」

「ええ。たぶん、ツケも溜まっているはずです」

「ツケで飲むのか？」

「文壇バーはたいていそうです。後で請求書が送られてくるんです。銀座の伝統じゃないですか？」

「ツケを溜めるのはよくない」

阿岐本は日村に言った。「島原のツケを社で精算してやれ」

殿村は、皮肉な笑いを浮かべた。

「へえ、部長はやっぱり特別待遇ですか？」

ぐいと水割りをあおる。ホステスはすかさずおかわりを作った。それをまた半分ほど飲み干す。殿村は異常にピッチが早い。一刻も早く酔ってしまおうとしているかのようだ。

「そうじゃない。おまえさんだって、社の金で自由に飲めばいい」

「たまげたな……。この経費節減のご時世に、接待費が使い放題ですか？」

「それが、編集者の仕事だと言ったのは、おまえさんじゃなかったか？」

「そういう仕事のやり方は、一時代前の話ですよ。どこの社も出版不況で、経費節減だ。だから銀座からも足が遠のく……」

「だからさ、他社と同じことやっていても、埒があかないわけだろう？　一時代前のやり方と、おまえさんは言ったが、それがうまくいっていたわけだろう」

「どうでしょうね。みんな何となく飲んでいただけかもしれません。実際、島原はよく作家と飲み歩いていますが、実績には結びついていませんよ」

「私が決めた人事が不満かね？」

「当然でしょう。何もしていないのに、突然の降格人事です」

込み入った話題になると、ホステスたちは静かにしている。このあたりがやはりそこらのキャバクラとは違うと、日村は思った。

「何もしないから降格になったんだ」

「え……？」

「会社が傾いてたんだ。みんなが必死で何かをやらなきゃならなかったんじゃないのかい？」

「何やったって無駄でしたよ。出版不況のあおりを食らったんだ。体力のある大手は生き残れますがね、うちみたいな弱小はだめだ」

「あんた、部長だったんだ。部長といえば、戦で言えば大将だ。それが負け戦を決め込んでるんじゃ、喧嘩にならないでしょう」

「たしかに私は無策だったかもしれない。でもね、いったい何ができるっていうんです？　私の代わりに島原を部長にしましたよね。私より島原が優れている点て、何です？」

「こいつが眼を付けた」

阿岐本は、日村を顎で示した。

早くも殿村の眼は、酒のせいで赤く濁ってきている。その眼を日村に向けた。

「役員にうかがいたい。どうして俺より島原のほうが優れていると思ったんだ？」

「私は、別にどちらが優れているかなんて考えてません。人事を決めたのは社長です」

「でも、島原を推薦したんでしょう？」

今さら、入れ替え人事のことなんて知らなかったと言っても、殿村は納得しないだろう。ヤクザは言い訳をしないものだ。日村は、殿村に言った。

「一つだけ、あなたと島原さんが違う点があります」

「そりゃあ、どんなことだ？」

「島原さんは、方針を持っておられた」

「方針……？」

「自分の好きな作家に、自分の好きな小説を書かせるという方針です」

「そんなものが方針と言えるか？　編集者なら誰だってそうしたいと思っている」

「思っていても口に出さない」

阿岐本が言った。「上に立つ者ってのはね、そういうところが大切なんだよ」

「そんなことは言われなくたって、わかっていましたよ」

「いや、わかってねえな。いいかい？　方針だのスローガンだのってのは、簡単なもんでいいんだ。みんながそっちのほうに進むっていう、いわば道しるべみてえなもんだ。島原って人は、簡単なことをはっきりと、この日村に言ってのけたわけだ。だからこそ、日村は島原を見込んだ。そういうことだ」

「それで何かが変わるとは思えない」

「変わるさ」

阿岐本は淡々とした口調で言う。「変えていかなきゃ、梅之木書房は終わりだ」

「倒産しか道はなかったんですよ。出版不況を乗り切ることはできなかったんです」

「一勝負(ひと)してみたいと思ったんですよ。それが一か八かの勝負でもいい。そしてね、ヤクザは負ける喧嘩はしないんです」

「おっと……」

ホステスたちが、ちらりと阿岐本を見た。

阿岐本は笑った。「今は出版社の社長だったな……」

「こっちは生活がかかっているんだ。あんたのオモチャにされちゃたまらない」

殿村が吐き捨てるように言った。

「だからさ」

阿岐本は、言い聞かせるように言う。「あんただって、これで終わりだと思う必要はないんだよ。私はね、誰にでも平等にチャンスを与える」

「どうしろっていうんです?」

殿村は、言葉を失ってしばし阿岐本を見つめた。

「さて、難しい話はこのへんでいいでしょう」

阿岐本は言った。「文壇バーの雰囲気を味わうとしましょう。作家さんとかはいらっしゃらないんですか?」

ホステスがこたえる。

「この時間からいらっしゃる方は珍しいですね。たいてい、編集者と食事をなさって、その後に寄られる方が多いんですよ」

「なるほど……」

殿村は、放心したように水割りのグラスを見つめている。急に酒のピッチが落ちた。何事か考えている。

その表情から怒りや憎しみが消えていた。阿岐本は、憑き物を祓うように殿村の怒りを消し去ったのだ。さすがだと思わずにはいられない。

どうせ、思いつきの人事だったのだ。いや、出版社の社長になるということ自体が思いつきだったに違いない。

その思いつきを他人に納得させるだけではなく、あたかも秘策であったかのような錯覚を起こさせるのだ。

人徳といえば人徳だ。

だが、身近にいる者は振り回されることになる。

阿岐本は、ホステスと楽しそうに談笑している。スキンヘッドの好々爺だ。

殿村は酒も飲まずにまだ何か考えている。

やがて、殿村は日村に言った。

「俺は、新部長の方針に従えばいいんだな?」

日村はうなずいた。

「はい」

「つまり、好きな作家に、俺が読みたい作品を書かせるという方針に……」

「はい」

「それが売れなかったらどうする?」

「売れるか売れないかは、後の問題です」

「そうか。わかった」

「何か考えがおありですか?」

「実はな、今原稿を一つ抱えている。あまり有名じゃない作家の、売れそうにない小説だ」

「さっき席でお読みになっていたのが、その小説ですか？」

「そうだ」

「どんな小説です？」

「純愛小説だ」

「その作品がお好きなのですか？」

「好きだ」

「なんか、似合いませんね……」

「ほっといてくれ」

「すいません。余計なことを言いました」

「いい小説なんだ。だが、出版する自信がなかった」

「でも、新部長の方針に従えば出版することができる、と……」

「そういうことだ」

「いいんじゃないですか？」

阿岐本が言った。「おやんなさい」

「わかりました」

殿村が言った。

眼が生き返った。日村はそう感じた。

## 8

事務所の中が妙に淋しく感じられる。

真吉も稔も梅之木書房のほうに行っている。テツは、パソコンに向かったまま無言だ。彼がキーを打つ音だけが聞こえる。

健一がぼんやりと宙を眺めている。

日村は落ち着かなかった。

梅之木書房にいるときは、事務所や地元のことが気になる。こうして、事務所にいるときは、梅之木書房のことが気になった。

「あの……、ちょっといい？」

戸口で声がした。振り向くと、甘糟部長刑事が立っていた。いつもと同じく、申し訳なさそうな顔をしている。

マル暴の刑事が組事務所を訪ねるときは、もっと威勢がいいものだが、甘糟はいつも遠慮がちだ。

「ごくろうさんです」

日村は礼をした。「どうぞ」

テツがパソコンの作業を中断して茶をいれに行った。

「あ、お茶はいいって、いつも言ってるだろう。すぐにおいとまするから……」

「そう言わないで、話の相手でもしていってくださいよ」

日村は言った。本音だった。誰かと話をしていれば、気も紛れる。

「僕はね、ちょっと忠告しに来ただけなんだ」

「忠告?」

「梅之木書房を管轄に持つ警察署が、マークしはじめているんだよ」

なんだか、泣きそうな顔をしている。

「なんでまた……」

「だから、言ったでしょう。フロント企業だと思われているんだ。親分さんの道楽だなんて言い草、通らないんだよ」

まあ、警察がヤクザをマークするのは、あたりまえのことだ。所轄としては、無視できない気持ちもわかる。

阿岐本も日村も何も悪いことはしていない。つぶれかけている出版社を何とか救おうとしているだけだ。

だが、その言い分も通用しない。

ヤクザだというだけで、警察は行動を制限しようとする。存在自体が社会の迷惑だというわけだ。

たしかに暴力団と呼ばれる連中がいる。たちの悪いチンピラがいて、悪いこともしている。市民の迷惑にもなっている。だからといって、味噌も糞もいっしょにしてほしくはない。

「くれぐれも、揉め事は起こさないでよね」

甘糟は言った。「梅之木書房があるあたりは、広域暴力団の板東連合傘下の組の縄張りだろう？」

「別に、よそのシノギの邪魔をしているわけじゃないんで、それは問題ないと思いますよ」

「ちょっとでも、ごたごたがあったら、あっちの所轄がすぐにでも手入れをするよ。手ぐすね引いて待ってるんだから……」

「それ、警察の内部情報なんじゃないですか？　そんなこと、ここでしゃべってだいじょうぶですか？」

甘糟は、また情けない顔になった。

「あんたがよそにしゃべりさえしなきゃだいじょうぶなんだけどね……」

「私は口は固いですよ。うちの組のことを思ってわざわざ忠告に来てくださったんでしょう？」

「いや、僕はただ……」

甘糟は照れたように口ごもった。「面倒なことが嫌なだけだよ。梅之木書房に手入れが入ったなんてことになったら、ここを担当している僕の立場がない。おまえ、何やってたんだ、てなことになっちまう」

日村はうなずいた。

「気をつけます」

「ところで、町工場に追い込みかけてるって噂があるんだけど……」

「どこで聞いたんです？」

「そういうことは教えられないよ。知ってるだろう」

「たしかに依頼はありましたけどね、オヤジにやめとけと言われました。素人を泣かせるようなことはするな、と……」

「だけど、その町工場に行っただろう？」

さすがに警察だ。何もかもお見通しというわけだ。

「行きました」

「あのね、指定団体じゃなくても、あんたらが無茶なことをやったら、逮捕することになるからね」

「物騒なことを言わんでください。私ら、あの町工場に経営上のアドバイスをしただけですよ」

「アドバイスでも何でもいいけど、ほんと、僕がワッパかけなきゃならないようなことはしないでよね。頼むよ、ほんと……」

「わかってます」

　実際、組事務所など構えていたら、警察の監視がきつくてそうそう好き勝手はできない。もしかしたら、一般人よりずっと品行方正なんじゃないかと思ってしまう。

「じゃあね。また来るからね」

　甘糟は、やはりテツの出した茶に手を付けずに事務所を出て行った。

「本当にだいじょうぶですかね？」

　健一が言った。

「何が？」

「梅之木書房のことです。よその縄張りには違いないんで……」

「もともとは、永神のオジキが手がけていた物件だ。心配ないだろう」

「だといいんですが……」

　縄張り云々より、梅之木書房そのものが気になる。

　真吉は問題を起こしていないだろうか。

　殿村と島原の関係はどうなっているだろう。

『週刊プラム』のグラビア担当の入れ替えは問題なく済んだのだろうか。

　やはり、どうにも落ち着かない。

「俺はちょっと、出版社のほうに顔を出してくる」

　日村は健一に言った。「何かあったら、携帯に電話をくれ」

　日村は事務所をあとにした。

真吉は『週刊プラム』編集部に用意された机に向かって何か書き物をしていた。

日村が近づくと、真吉は立ち上がって礼をした。

「いいから座ってろ」

日村は言った。「何をしていたんだ？」

「企画書を書けと、編集長に言われました」

日村は驚いた。

「そんなもの、おまえ、書けるのか？」

「こないだしゃべったことを、そのまま書けばいいと言われまして……」

日村は、机上を覗き込んだ。

真吉の前にある紙には、へたくそな字が並んでいた。ひらがなばかりだ。

「そんなんで、だいじょうぶなのか？」

「編集長があとで書き直してくれるんです」

真吉は、高級そうな万年筆を使っている。

「おまえ、万年筆なんて持ってたのか？」

「これですか？」

真吉は嬉しそうな顔になった。「いいでしょう。なんか編集者って感じですよね」

今時の編集者は、パソコンで仕事をする。万年筆など使う機会はあまりないだろう。どこから手に入れたか知らないが、まあ、真吉が気に入っているのだったら、俺があれこれ言うことじゃない。日村はそう思った。

「『リンダ』の編集長が、与那覇夏海(よなはなつみ)にインタビューしたいというので、知り合いを通じて手配しておきました」

「誰だ、それ……」

「若い人にものすごい人気のアーチストです」

「ふうん。それで、グラビアの企画は進んでいるのか？」

「はい。担当も無事交替しましたし、あとは、カメラマンの小出さんと、細かい打ち合わせをするだけです」

日村は、編集部内を見回した。

真吉と騒ぎを起こした契約の女子社員の姿が見えない。

まさか、あの一件がもとで会社に来なくなってしまったのではないだろうな……。

「あの女の子はどうした？」

「どの子です？」

「契約社員だよ。橋本美紀とかいったっけ？　給湯室でおまえとふざけていた子だ」

「ああ、今小出さんといっしょに、ロケハンに出てます」

「ロケハンて何だ？」

「知りません。小出さんがそう言ってました」

だいじょうぶか、こいつ。

日村は、そっと溜め息をついた。

まあ、何にしても、小出とあの橋本美紀とかいう契約社員の間がうまくいけば、小出の気持ちにしこりものこらないだろう。

かつかつという足音が近づいてきた。ハイヒールで駆けてくる音だ。

『リンダ』の太田紅美子編集長だ。

「ちょっと、すごいじゃない」

太田紅美子は、真吉に向かって言った。

「どうしました？」

真吉が尋ねる。

「与那覇夏海のインタビュー、オーケーが出たのよ」

「手配してくれって言ったじゃないですか」

「まさか、本当にオーケーが出るとは思っていなかったのよ。どこの雑誌でもインタビュー取れなかったのよ」

「へえ。ダメモトで手配を頼んだということですか？」

真吉が訊いた。というより、できるものならやってみろという気持ちだったのだろう。太田紅美子は見かけどおり、なかなかしたたかなようだ。

「まさか、本当にインタビューのオーケーが取れるなんてね……」

「表からは不可能でも、裏から手を回せば可能になることは、世の中にはいくらでもあります」

「何か彼女の弱みを握っているの？」

「知りませんよ」

真吉はこたえた。「自分が直接交渉したわけじゃありませんから」

「とにかく、これ、話題になること間違いなしだわ。恩に着るわ」

太田紅美子は、再びハイヒールの踵を鳴らして歩き去った。

「ほんと、いい女ですね」

「そうかな……」


日村は、四階を覗いてみた。

殿村が島原と真剣な顔つきで何かを話し合っている。

言い争っているのだろうか。日村は不安になって遠くから様子を見ていた。

殿村が嚙みつくように何か言う。

島原はじっと殿村を見返している。喧嘩をしているようにも見える。

しょうがねえな……。

日村は、間に入って取りなそうかと考えた。そのとき、島原が真剣な眼差しのままうなずく姿が見えた。

おや、と日村は思った。

それから島原が確認を取るように何事か尋ねた。今度は、殿村が力強くうなずく。

島原が再びうなずいた。

二人の話はそれで終わった。殿村は席に戻り電話をかけはじめた。

どうやら、日村の思い過ごしだったようだ。二人は言い争いをしていたわけではなさそうだ。真剣に何事かを打ち合わせしていたのだ。

おそらく、先日銀座の『マリリン』で殿村が言っていた小説の出版計画だろうと日村は思った。

二人の眼は活きていた。きっと何らかの結果を出してくれるに違いないと思った。それが売り上げに結びつかなくてもいい。

殿村と島原の関係の修復という結果でもいい。さらに、書籍出版部全体の雰囲気が今より少しでもよくなれば言うことはない。

日村は、そっとエレベーターホールに向かった。

席に戻ると、金平がいつもの不安げな眼を向けてきた。

それが気になって、日村は席を立ち、金平に近づいた。

「何かあったんですか？」

「妙な男たちに気づきませんでしたか？」

「妙な男？」

「会社のまわりをうろついているんです」

「私は気づきませんでした」

「午前中のことですから……。何人もの社員が見ています」

「どんな連中ですか？」

「見かけは、そのう、役員や社長と同じような……」

「ヤクザのようだったということですね？」

「ええ……」

「集団で動き回っていましたか？」

「いえ、二人組だったということです」

素性は想像がついた。

ヤクザのような見かけで、二人組で行動する連中。

「おそらく、所轄のマル暴刑事です」

「刑事……？」

「ここが暴力団のフロント企業じゃないかとマークしているんでしょう。まあ、社長と役員が現役のヤクザですから、仕方がありませんね」

「はあ……」

「社員の方々に迷惑がかかるようなことはないと思います」

「警察というのなら、まあ安心ですが……」

一般人はそう考えるだろう。

だが、日村たちはそうはいかない。警察は決して味方ではない。昔は、所轄署のマル暴と地元の組は、持ちつ持たれつというところもあった。だが、警察の官僚主義はますます強まり、そこにもってきて暴対法の施行だ。

警察と組は、完全に対立する関係となってしまった。さらに、シノギを次々とつぶされたヤクザの組織は、地下に潜り、本当に犯罪組織として生きるしかなくなりつつある。

誰が悪いのかはわからないが、そこに悪循環があるのは明らかだと日村は思う。

だが、日村ごときがいくら気を揉んだところで、古き良き時代が戻ってくるわけではない。時代が違うと言われればそれまでなのだ。

突然、社長室のドアが開いた。

「おい、日村、三十万ほどすぐに用意できるか？」

どんな場合でも、親に金を都合しろと言われれば用意しなければならない。

「義理事ですか？」

「そうだ。村下（むらした）知ってるだろう？　死んだそうだ」

たしか、村下というのは永神と同系列の組の組長だ。四谷のほうに事務所があったはずだ。

「会社の交際費をお使いになってはいかがです？」

金平が言った。

「ありがたいお言葉だがね……」

阿岐本は金平に言った。「義理事ってのは、あたしらの稼業でのことでしてね。会社とは関係ない。会社の金をそっちのほうに使うわけにはいかないいんだよ」

もっともだと、日村は思った。

一度、報酬として阿岐本のポケットに入ったのなら別だが、会社から経費として義理事の金を支払うわけにはいかない。

潔癖さというより、けじめの問題だ。

義理事の金を、会社の経費から支払ったなどということが、知れ渡ったら、渡世の上で恥をかくことになる。

とはいえ、日村だって三十万も現金の持ち合わせがあるはずはない。

「事務所に行けばなんとかなりますが……」

「わかった」

阿岐本は言った。「稔に取りに行かせよう。おい、日村」

「はい」

「ヤクザ者なら、常にゲンナマを持ち歩け」

「すいません。気をつけます」

気が緩んでいたわけではない。会社にいるときは、堅気のように振る舞おうと思っていたのだ。

冠婚葬祭の義理事というのは、いつやってくるかわからない。特に葬儀はそうだ。

ヤクザの出費の多くは義理事なのだ。

「村下の親分、まさか出入りじゃないでしょうね?」

「心臓だそうだ。ゴルフ場で倒れたそうだ。健康には人一倍気をつかっていたのにな……。わかんねえもんだ」

「はあ……」

「通夜に顔を出す。おまえもいっしょに来い」

「わかりました」

ヤクザが黒いスーツを着ているのは、伊達ではない。黒いネクタイをするだけで、すぐに葬儀に駆けつけることができる。

ようやく席に落ち着いた。

社内は平穏無事だ。それぞれの編集部ではそれなりに忙しいのだろうが、五階の総務部と役員室は静かだ。

机に向かっても、日村はすることがない。そうなると、今度は事務所のことが気になってきた。

連絡がないということは、何も起きていないということなのだろうが、地元にいないとやはり、少しばかり不安になる。

こんなんじゃ、神経がもたないな……。

日村は、珍しく心の中で弱音をはいていた。

一時間後に、稔が現金を届けに来た。そのまま阿岐本の車で通夜に出かけることになった。

阿岐本は黒のダブルのスーツに黒いネクタイ。腕に喪章をつけている。稔も黒のスーツを着ていた。

その恰好で、ビルの前に駐車したシーマのところへ行くと、ミニパトがすぐ後ろに駐車していた。

交通課の警察官が降りてきて言った。

「ここは駐車禁止だ。これからレッカー移動する」

「待ってください」

日村は言った。「すぐに動かします」

「だめだ。もうレッカーを呼んでしまった」

「チケットは受け取ります。レッカーだけは勘弁してください。これから大事な葬儀なんです」

「駐車違反は見逃さない。署の方針だ」

レッカー車がバックで近づいてくるのが見えた。

「車がないと困るんです」

警官は、チケットに書き込みながら言った。

「だったら、ちゃんと駐車場に入れておきなさい」

「どこに運ぶんです？」

「契約している駐車場だ。ここから三十分くらいのところだな」

「なんとかなりませんか。金ならここで払います」

「反則金は、ちゃんと署に出頭して支払ってください」

交通課の警察官は、チケットを切り、日村のほうに突き出した。

日村がさらに抗議しようとすると、阿岐本が言った。

「いい。タクシーで行こう」

阿岐本はすでに表通りのほうに歩きだしていた。

日村と稔は、あわててそのあとを追った。

阿岐本が正面を向いたまま言った。

「稔、おまえはこれから警察署に行って、車を受け取って来い」

「すいません。自分が路上駐車したばっかりに……」

「気にするな。これは圧力だ。あそこの角を見ろ」

阿岐本に言われて、日村はさりげなくそちらを見た。

ダークスーツに開襟シャツ、髪を短く刈った男が立っている。ブルゾンのスーツを着た若い男を連れている。

ちょっと見るとヤクザに見えるが、違う。マル暴の刑事に違いない。金平が言っていた連中だろう。

「あれ以上、あそこでごねていたら、あの連中がやってきたはずだ」

阿岐本が言った。日村はうなずいた。

「午前中からこのあたりをうろついているらしいです」

阿岐本は溜め息をついた。

「極道は、いろいろとやりにくいよなあ……」

「はあ……」

「おい、稔。葬儀の場所はわかってるな」

「はい」

「車、取り返したら、すぐにそこに来い。帰りは自分の車で帰りたい」

「わかりました」

阿岐本と日村は、タクシーを拾った。

日村はタクシーに乗り込むときに、ちらりと刑事たちのほうを見た。二人の刑事は、じっと日村たちのほうを見つめていた。

有力な組の親分の葬儀ともなると、独特の緊張感が漂っている。遠巻きに警官隊が警戒態勢を敷いている。

若い衆と警察官が小競り合いをしていたりする。その間を通って、弔問客が通る。あちらこちらで、挨拶が交わされる。

弔問客は、同系列の組の連中ばかりではない。対立関係にある組からも客がやってくる。ぴりぴりとした視線が飛び交う。

あちらこちらで、噂が飛び交う。どこそこの親分が、いくら包んだとか、跡目はどうなる、とか噂の種は尽きない。

久しぶりに顔を合わせる人々も多く、お清めの席では昔話に花が咲くこともある。

阿岐本は顔が広いので、あちらこちらでつかまり話し込んでしまう。帰るのがすっかり遅くなった。

稔は、阿岐本のシーマを駐車場に停めていた。車に乗り込むと、阿岐本は大きく溜め息をついた。

「さすがに疲れたな」

日村は尋ねた。

「まっすぐお帰りになりますか？」

「ああ。そうしよう。おまえは、どうする？」

「事務所までごいっしょします」

「当番に任せておけよ。明日も会社がある。帰って休んだらどうだ？」

そうしたいのはやまやまだ。

だが、このところ事務所にいることが少なく、若い衆だけに任せておくのはどうも心もとない。

自分の苦労性がいやになるが、これぱかりは性分なので仕方がない。

車が走り出すと、日村は阿岐本に言った。

「さっきの刑事ですけど……」

「刑事？」

「梅之木書房のそばにいた二人組です」

「ああ……。所轄のマル暴だろう」

「金平さんによると、彼ら、午前中から会社の周辺をうろついていたそうなんですが……」

「聞き込みだろう。俺たちの様子を探りたいんだ」

「甘糟さんが、昼間、事務所に来て、梅之木書房を管轄に持つ警察署のマル暴が、マークしていると言ってました」

「そりゃ、警察としては気になるだろうな」

阿岐本は平然としている。

「あの……」

「何だ？」

「本当にだいじょうぶなんでしょうね」

「何がだ？」

「梅之木書房があるのは、よその縄張りです。そのへんのところ、話はついているんでしょうね」

「俺は別に話はしていねえよ」

「え……」

「向こうさんのシノギに影響があるってんなら、そいつは問題だが、俺たちは向こうさんの縄張りの中で稼業のシノギをやっているわけじゃない」

そんな言い分が通るだろうか。

ヤクザが社長をやるというだけで、世間はフロント企業だと見なす。つまり、稼業と見なされるわけだ。

「余計なことかもしれませんが……」

日村は言った。「永神のオジキに言って、筋を通しておいたほうが……」

「なんで永神が関係あるんだ？」

「だって、もともとはオジキが処分しようとしていた会社でしょう？」

「そんなに気になるんなら、おまえが永神に話をしておけ」

え、と日村は思わずのけぞった。

そんな大切な話を代貸の日村が仕切っていいものだろうか。やはり、親分同士でないと話がつかないのではないか。

だが、親に、話をしておけと言われたら、無理だろうがなんだろうが、やらなくてはならない。

しかも、ある程度の結果を残さなければならない。やってみたけどだめでした、では済まないのだ。

子供の使いじゃねえんだと、どやされるのがオチだ。

またしても、難題を背負い込んだ気分になり、日村は憂鬱になった。このところ、眠りが浅い。寝たと思ったら、夢を見てすぐに目を覚ましてしまう。

何だか胃の具合もよくない。

このままだと、俺、どうにかなっちまうかもしれない。そんな不安を感じていた。

もし、話がこじれて梅之木書房を縄張りに持つ組と揉めたら、すぐに警察が介入してくるだろう。警察は、こちらが何かをやらかすのを、手ぐすね引いて待っているのだ。

もし、組の誰かが逮捕でもされたら、事務所の運営も、梅之木書房の仕事もうまくいかなくなるだろう。

事務所が近づくと、阿岐本は言った。

「どうだ？　うちで一杯やっていかねえか？」

普通なら親分の誘いは断らないものだ。だが、さすがに飲む気分ではなかった。

「いえ、今日は遠慮させていただきます」

「そうか。明日も早いからな」

阿岐本が上の階の自宅に戻るのを見届けて、日村は、事務所に顔を出した。

健一がいた。

「あ、ご苦労さんです。義理事でしたね」

「おまえが当番か？」

「これで、三日連続ですよ」

「三日も続けて詰めてるんじゃ、当番の意味がないじゃないか」

「真吉の分をカバーしなけりゃならないんで……。あいつ、昼間、出版社のほうに行ってるじゃないですか」

「普通の会社みたいに、朝早くに出勤するわけじゃないんだ。編集者ってのは、だいたい午後から会社に出てくる。だから、真吉に当番やらせてもだいじょうぶだ」

「はあ……」

健一は煮え切らない態度だ。

「なんだ、何か言いたいことがあるのか？」

「自分は、真吉を応援してやりたいんです。出版社につとめるなんて、たいしたもんじゃないですか。自分ら、堅気の会社なんて、一生縁がないと思ってました。ましてや、出版社なんて……。だから、真吉には失敗してもらいたくないんですよ。出版社のほうに全力を傾けられるようにしておいてやりたいんです」

「俺は、てっきりおまえたちが真吉のことをやっかんでんじゃないかと思っていたがな……」

「そりゃあ、どうして真吉だけ、って気持ちもありますよ。でもこんなチャンス、滅多にあるわけじゃない。真吉は、自分らの代表と考えれば……」

不良だ、ツッパリだと言われ、十代の頃から社会のはみ出し者だったやつらだ。人一倍堅気の仕事への憧れが強いのだ。

日村にも経験がある。これまで、何度も足を洗おうと思ったことがある。だが、社会は裏稼業の人間には冷たい。一度張られたレッテルはなかなかはがせはしないのだ。

「おまえだけが苦労を背負い込むことはないんだぞ」

「稔はオヤジの運転手で忙しいでしょう？　テツも、例の町工場の仕事で手が離せないようだ。結局、自分がやるしかないんです」

「そんなんじゃもたないぞ」

「その言葉、そのまんま、日村さんにお返ししたいですよ」

不意を衝かれ、日村は思わず鼻の奥がつんとなった。あやうく涙を浮かべるところだった。

こいつはわかってくれているんだ。そして、俺のことを気遣ってくれている。

「明日の当番は誰だ？」

「テツにやってもらうことになってます」

「わかった。どうしても回らなくなったら、俺に言ってくれ」

「だいじょうぶですよ。事務所のことは、自分に任せてください」

「十年早いんだよ」

日村はそう言ったが、健一の言葉はたのもしく、うれしかった。

久しぶりに今夜はぐっすり眠れるかもしれない。そんな気がした。


「次のグラビアの企画がようやく決まりました」

真吉が五階の日村のところまで報告に来た。

「ほう、どんな企画だ？」

「吉沢真梨子のかなりきわどいセミヌードです」

「あう……」

思わず声が漏れて、日村は慌てて口を押さえた。

吉沢真梨子といえば、日村の青春時代のアイドルだ。グレていた日村だったが、吉沢真梨子は大好きだった。

八〇年代、アイドルの親衛隊が華やかなりし頃で、イベントのたびに親衛隊同士の乱闘などの揉め事が絶えなかった。

実を言うと日村も、吉沢真梨子のイベントにこっそり出かけ、親衛隊と大立ち回りを演じたことがある。

あの時代は、血気盛んで何も怖いものはなかった。結局、ガラの悪い親衛隊を八人ほど殴り倒した。

普通の人とはちょっと違うかもしれないが、それでも、日村にとっては甘酸っぱい青春の思い出だ。

その吉沢真梨子がセミヌードになるという。

「現場の雰囲気では、おっぱいくらい出してくれるかもしれません」

「おう……」

また、声が漏れた。

日村だって、ヤクザなのだから、女の裸くらいでは驚かない。あまり自慢できることではないので、人には言わないが、若い頃には、女を食い物にしたことだってある。

そんな日村にとっても、若い頃のアイドルがグラビアで脱ぐというのは、身もだえしたいくらいの刺激だった。

特に、昔のアイドルは本当にアイドルらしかった。清純という仮面を見事に身につけており、嘘だとわかっていてもファンはその清純さを信じたいと思っていた。そういう約束事が成立していたのだ。

その清純だったアイドルが、脱ぐ。

海千山千の日村がこれほど衝撃を受けるのだから、一般の中年男性たちには、もっとショックだろう。

ショックが大きいほど、雑誌は売れる。

「吉沢真梨子って、今何をしてるんだ?」

「主婦ですよ。人妻ヌードです」

「うう……」

また、声が漏れる。元アイドルにして人妻のヌード。これはたまらん。

「知り合いの『脱がし屋』の話だと、交渉はトントン拍子だったそうです。いったん、芸能界から退いて、主婦に落ち着いたものの、心の中では、もう一花咲かせたいと考えていたようです。そういう人、多いそうですね。昔人気のあった芸能人てのは、いくつになっても華やかな世界を忘れられないんだそうです」

「聞きたくない」

日村は言った。「いや……、そういう話を、俺が聞く必要はない。進めてくれ」

真吉は不思議そうな顔で日村を見つめた。

「わかりました」

日村は、照れくさくなり、仏頂面になった。真吉はそれを見て、日村の機嫌を損ねたと思ったようだ。

「すいませんでした」と小さな声でつぶやき、そそくさとその場を去っていった。

ほめてやるべきだったかな……。

真吉がいなくなってからそう思った。いい企画には違いないのだ。真吉は、自分のアイデイアを現実のものにしようとしている。

雑誌が売れたらほめてやればいい。

日村は、そう思うことにした。

それにしても、吉沢真梨子か……。

しばし、当時の思いにふけっていると、金平の声がした。

「また、うろついているらしいですよ」

日村は、はっと声のほうを見た。

いつもどおり、おろおろとした様子の金平が立っていた。

「刑事たちのことですか？」

「ええ……」

それで、思い出した。永神のオジキと話をしてこなければならない。

「ご心配なく」

金平にはそう言ったが、日村は心配だった。

永神の事務所に電話をかけた。永神は外出中だった。夕方の五時には戻る予定だという。

五時に面会の約束を入れてもらった。

携帯電話が鳴った。

相手は、闇金の丸橋だ。

「今、ちょっといいかい？」

「丸橋さん。荻原精密加工の件ならしばらくかかると言ったでしょう」

「いや、今日、入金があったんだ」

「え……、荻原精密加工からですか？」

「ああ」

「よかったじゃないですか。これで、私らはお役ご免ですね」

「いや、それがだね、先方は元金しか払ってこないんだ」

「どういうことです？」

「いいかい？　俺たちゃ利息で喰ってるんだ。元金だけじゃ、総額の半分にも満たない。そのへん、きっちり話をしてもらわないと……」

思わず溜め息が出た。

時計を見ると、午後二時を過ぎたばかりだ。まだ、永神の事務所を訪ねるまでは時間がある。

何かあれば即行動がヤクザの原則だ。

「わかりました。今から行ってきます」

日村は、金平に「このまま戻らないかもしれない」と伝えて、梅之木書房を出た。

ばたばたしていて、季節が移りゆくのも忘れていた。毎日カレンダーを睨んではいるが、スケジュールを確認するだけのことで、季節感とは無縁だった。

すっかり秋も深まっている。ほんの二ヵ月前までうだるような暑さだったのが嘘のようだ。ビルとビルの間に、四角く切り取られた秋空が見える。空気がさらりとして、ビルの陰影もくっきりと見える。街路樹が色づきはじめていた。

車を走らせながら、秋の風景を眺めていると、疲れがしばし癒されるような気がしていた。あんまり忙しいと、心が蝕まれていく。だが、代貸というのは、もっとも忙しいポジションだ。気苦労も一番多い。仕方がないのだ、と自分に言い聞かせるしかなかった。

荻原精密加工に着くと、すぐに社長に面会を申し入れた。

工場の中は、先日見たときとは比べものにならないほど活気に満ちていた。作業している人数も多いし、さまざまな機械がフル稼働しているように見える。

工場の出入り口で立ったまましばらく待たされた。なめられていると感じた。

こういう扱いを許しておいては、後々のためにならない。社長が出てきたら、しっかりプレッシャーをかけておかねばと思った。

だが、社長は現れなかった。代わりに、背広を着たインテリ面が出てきた。襟に大きなバッジをつけている。弁護士だ。

日村は舌打ちした。

「社長は手が離せませんので、私が代わってお話をうかがいます」

相手は名刺を出した。やはり弁護士だった。村田弘(むらたひろし)という名だ。日村は、できたばかりの梅之木書房の名刺を渡した。

村田弁護士は、その名刺を見て、不思議そうな顔をした。

「あの……、金融関係の方がいらっしゃっていると聞いていたのですが……」

「丸橋は友人です。私は、こちらの工場の経営について、コンサルティングを行いました。その結果、どうやら工場は持ち直したようですね」

「コンサルティング……?」

「ええ、そうです」

村田弁護士は、咳払いをした。日村の話のペースに巻き込まれていると感じたのだろう。話の主導権を取り戻すべく、きっぱりとした口調で言った。

「とにかく、丸橋さんにお借りしたお金は、返済しました」

「丸橋は、元金しか返ってきていないと言っていました」

「法外な金利の利息を要求されているそうですね。そうした行為は違法なのは、もちろんご存知ですよね」

「丸橋は金貸しですよ。慈善事業をやっているわけではない。利息で食っているんです。元金だけ返済で、あとは知らんじゃ済まされないでしょう」

村田弁護士は、うなずいた。

「よろしい。それでは、法定の金利に従って、利息分を計算しましょう。それをお支払いします。それ以上の金を払う義務はありません」

日村は考えた。

相手は弁護士だ。これ以上の交渉をしても埒はあかない。へたをすれば訴えられる。このへんで折り合いをつけるのが利口だ。

「わかりました。できるだけ早いうちに、その利息分をお支払い願います。丸橋にはそう伝えておきます」

村田弁護士は、にっこりとうなずいた。

「お話のわかる方でよかった。あ、それから、今後は荻原社長とは一切関わりを持たないようにお願いします。でないと、あなた方が近づけないように仮処分の申請をすることになります」

「ご心配なく。もう、用はありません」

「それにしても……」

村田弁護士は、再び日村の名刺を見つめてつぶやいた。「出版社の方とは……」

「気にせんでください」

日村は、村田に背を向けて歩きはじめた。

歩道を歩きながら、丸橋に電話をした。

「法定の金利を支払うと言ってる。それで手を打ってくれ」

「あほか……」

丸橋は言った。「それじゃ、丸損だ」

「これ以上は無理だ。相手は弁護士を雇った」

「それをなんとかするのが、あんたらじゃないのか？」

「無茶言うな。弁護士が相手じゃ手が出せない。追い込みを頼んだときから、どうせ、損切りのつもりだったんだろう？　工場の業績が急に上向いたという情報を得て、欲が出たんだ。違うか？」

無言の間があった。

「まあ、今回は、大目に見るか」

「こちらの取り分は、きっちりといただくからな。五十万だ」

「満額じゃなかったんだ。四十万にしてもらう」

かっと頭に血が上った。

荻原社長のやり口に、腹が立っていたせいもある。凄みをきかせて言ってやった。

「丸橋さん。私を相手にそういうことを言わないほうがいい。約束は約束だ。あんたが言ったとおりに、追い込みや切り取りをやっていたら、取り返せた金は満額どころか、元金の半分にも満たなかったはずだ。私らはね、それなりの苦労をして、もっともいい結果を出したと思っている」

とたんに丸橋があわてた口調になった。

「いや、それはわかっているんだが……」

「私は我慢強いつもりですがね、そんな私が怒ったら、どういうことになるか……。あんたは、私を怒らせようとしているんですよ」

「わかった。五十万でいい」

「余計なことを言わずに、最初からそう言っていればいいんだ」

日村は電話を切った。

怒りが募り、どうにも腹の虫が治まらない。日村たちは、切り取りや追い込みをやったわけではない。村田弁護士に言ったとおり、いわばコンサルティングをやってやったようなものだ。

代金は、荻原精密加工からは一銭も取っていない。テツは、荻原精密加工を儲けさせるためにありとあらゆる手を打ったに違いない。

感謝されてもいいくらいだ。それなのに、二度と近づくなという。

仮処分の申請だと？　人を何だと思ってやがるんだ。

もし、テツがいなかったら、今頃夜逃げをするか、首をくくっていたかもしれない。テツが学者肌の社長に代わって、荻原精密加工の技術に眼を付け、需要を開拓したのだ。

素人を泣かすなという阿岐本の命令は、ちゃんと守った。その結果がこれだ。

これが、ヤクザに対する一般人の反応だ。荻原にしてみれば、日村は恐ろしい暴力団でしかないのだ。

事務所に寄ると、健一の顔が青くなった。それでようやく気づいた。健一が震え上がるほどのすさまじい形相をしていたようだ。

事務所の中がしんと静まりかえった。

テツがパソコンに向かっている。

「荻原精密加工の件は、終わった。ご苦労だった」

「え……？」

「丸橋と話がついた。俺たちの仕事は終わりだ」

「金が返せるようになったということですね？」

「工場へ行ってきた。忙しそうだったよ」

テツが度の強い眼鏡の奥から、何か言いたげな眼を日村に向けている。

「何だ。言いたいことがあったら言ってみろ」

「ちょうどイベントの時期と重なったから、今は注文が殺到しています。でも、イベントが終わったら、元に逆戻りですよ」

「知ったこっちゃねえよ」

日村はまだ腹を立てていた。「俺たちは、丸橋からの仕事を受けたんだ。そっちの話はついた。だから、もう荻原精密加工がどうなったって、俺たちには関係ないんだ」

それきり、テツは何も言わなかった。

ぽつんとパソコンの前に座っていた。何かやりかけていたらしいが、作業を続ける様子はない。

放心したような状態だった。

テツはテツなりに、荻原精密加工の再建に向けて燃えていたのかもしれない。自分が任されたという責任感もあっただろう。

テツは納得していない様子だ。それはそうだろう。

「荻原精密加工の社長は、弁護士を雇いやがった。俺たちとは会わないつもりだ。無理に会いに行ったりしたら、仮処分の申請をすると言っていた」

「そんな……」

テツは言った。「自分ら、あの工場のためを思ってやったことじゃないですか」

「いいか。それがヤクザだ。他人様(ひとさま)のことを思って動いても、迷惑がられる。そういうもんなんだ」

テツはしょげかえった。

その姿は、ひどく哀れだった。

「おまえは言ったとおり、一週間で結果を出した。立派な仕事をしたんだ」

「ちくしょう……」

健一が言った。「荻原とかいうやつ、頭にくるじゃないですか。このままでいいんですか？」

「ばかやろう」

日村は言った。「相手は素人だぞ。しかも縄張り内の堅気さんだ。手出しできるわけがない」

「でも……」

「俺が腹を立ててないとでも思ってるのか」

健一は、言葉を呑み込んだ。

「いいか」

日村は言った。「我慢だ。何事もじっと我慢するのが本当のヤクザってもんだ。ここで、腹立ち紛れに嫌がらせでもしたら、それこそ暴力団と呼ばれている連中と同じになっちまうじゃないか」

「でも、どうせ素人から見たら、俺たちだって暴力団なんですよ」

「誇りだ」

日村は言った。「いいか？　他人様がどう思おうとかまわない。自分が自分のことをどう思っているかが問題なんだ。他人がどうせ暴力団だと思っているからそれでいいなんて思ったときから、てめえは暴力団になってしまうんだ。俺たちはヤクザだ。誇りをなくしたら終わりなんだよ」

「はい……」

「テツが頑張ったおかげで、丸橋から五十万という金が入ってきた。それでいいんだ。はした金だなんて思うな。これはテツが稼いだ貴重な金なんだ」

「わかりました」

健一は頭を下げた。

日村には健一の気持ちがわかっていた。日村の怒りの表情を見て、わざと言ったのだ。

健一が血気にはやるのを見て、日村は冷静になることができた。

「あの……」

テツが言った。「もう必要ないことはわかってるんですが……。もう少し、荻原精密加工の仕事、続けていいですか？」

「なぜだ？」

「今のまま放り出したら、あそこ、つぶれちゃいます」

「つぶしたくないというのか？」

「ええ。あの技術はつぶしてしまうには惜しいです。今回のイベントで、実績を作りましたから、きっと勢いのある玩具メーカーなんかからも引き合いがあると思うんです」

「その仲立ちを、おまえがやるというのか？」

「はい」

「一銭にもならんぞ」

「ええ、シノギにはなりません。でも、やりたいんです」

「気持ちはわかるがな……。恩を仇で返すような会社を助けるために、ただ働きをしようっていうのか？」

「ばかは承知です」

テツが言った。「でも、ばかにならなきゃ、ヤクザはつとまらないって、日村さん、自分がここにやってきたときに言ったじゃないですか」

痛いところを衝かれた。議論ではどう逆立ちしてもテツには勝てない。

「今、真吉が抜けて事務所の当番のしわ寄せが健一のところにいっている。当番をちゃんとこなして、シマの雑事もして、それで余力があるなら、やってみろ」

テツの顔が、ぱっと明るくなった。

「ありがとうございます」

健一の心遣いと、テツのうれしそうな顔を見て、日村は荻原精密加工に対する怒りが薄れていくのをはっきりと自覚していた。

「俺はこれから永神のオジキんとこに行ってくる。事務所には戻らんかもしれんから、よろしくな」

健一とテツが声をそろえて「ごくろうさんです」と言った。

赤坂のマンションの一室にある永神の事務所は、阿岐本のところと所帯の大きさはそれほど違わない。しかし、明らかに金回りが違うと来るたびに思う。

室内の造りは金がかかっていた。ドアが頑丈な特別製に取り替えられていたし、部屋のスペースはゆったりしている。

そこにスチール製の机が並べられているが、すべての机の上にノートパソコンが置いてあった。

応接セットも革張りのいかにも高級そうなものだし、その応接セットの回りを観葉植物の鉢がぐるりと囲んでいる。

応接セットの向こうには、大型の薄型テレビがある。最新式のハードディスク内蔵ＤＶＤレコーダーなんかも置いてある。

そして、圧倒されるほど大きな神棚があった。

永神はまだ外出中だ。

若い衆がコーヒーを持ってきた。事務所内にいる連中は、日村の組の若い衆よりくだけた恰好をしている。

素人が眉をひそめるような恰好をしている連中も目立つ。そり上げを入れて眉を剃り、口髭を生やしたやつ。

細いロットできっちりと巻いたパンチパーマ。

たいていのやつは、だらしなくオーバーサイズのスーツを着ており、シャツの胸をはだけている。

団体や組によって恰好はさまざまだ。永神の組は、一般人が思い描く暴力団事務所の雰囲気に近い。

その事務所内のくだけた雰囲気が一変した。すべての組員が一斉に立ち上がった。

「お疲れさんです」

野太い声をそろえて挨拶する。

日村も立ち上がった。

「おう、待たせてすまんな」

太いストライプのダブル・スーツを着た永神が姿を見せた。ちゃんとネクタイをしているが、やはり堅気とは雰囲気が違う。

外から戻った永神は、やけにせかせかして見えるが、仕事中のヤクザというのはたいていそうだ。

「いいえ、お手間取らせて申しわけありません」

「こっちに来てくれ」

永神がどんどんと奥へ進む。日村はそのあとを追った。

奥のドアを開くと、そこには淡いグレーのふかふかの絨毯が敷きつめられていた。組長の部屋だ。両袖の巨大な机がでんと置かれている。高級な木材でできた机だ。

その机の前に、ソフトな革を張った応接セットが置かれている。日村たちの事務所とは大違いだ。

永神は、応接セットのソファにどっかと腰を下ろした。

「おまえも座れ」

「はい、失礼します」

「話って何だ？」

「はい。たびたびで恐縮なんですが、梅之木書房の件でして……」

「また、何かトラブルか？」

「いえ、まだトラブルは起きていないのですが、ちょっと気になりまして……。うちのオヤジは、地元を仕切ってる組に挨拶を通していないというのですが……」

「なに……」

　永神は顔色を変えた。

その様子を見て、やはり永神もそうした手配は一切していないことを悟った。

「相手のシノギの邪魔をしているわけじゃないので、気にしなくていいと、オヤジは言ってるんですが……」

それを聞いて、永神は顔をしかめた。

「まったく、阿岐本のアニキは、いったい何年この稼業をやってるんだ……」

「たしか、あのあたりは、板東連合仁志川組系国江田組のシマでしたね？」

「そうだ。国江田組は、暴対法以来看板をひっこめて、全亜興業という会社を名乗っている」

　日村はうなずいた。

「国江田組の組長っていうのは、かなりやり手の方でしたね」

「ああ、昔は手が付けられない暴れん坊でな……。今じゃ、手堅く経済ヤクザをやってい
る」

「やはり話をつけなけりゃならんでしょうね」

「そりゃそうだろう」

「実際は、オヤジの単なる道楽なんですがね……。会社は傾いたままです」

「だが、西の本家の話、あれスクープになって週刊誌が売れたじゃないか」

「たまたまですよ」

「道楽だなんて言い分は、通らねえだろうなあ……。何せ、シマの中で仕事をしていること
は間違いないんだ」

「もともと、オジキはあの会社を処分しようとしていたんですよね」

「ああ」

「よそのシマでそういう仕事しても問題なかったんですか？」

「ああいうシノギは、情報次第だ。だから、シマという考え方をしないのが、最近の常識だ。

情報を早く仕入れたほうが勝ちなんだ。まあ、でもあの件に関しては、全亜興業も嗅ぎつけ
ていたらしいが、うまみがないんで放り出したんだ」

「うまみのない仕事を拾ったんですか？」

「うちみたいな所帯の小さな組は、日銭をかせがにゃならない。おたくと違って、本部への
上納金もばかにならないしな……」

「処分するなら、目をつむる。しかし、その会社に入り込んで仕事をしているとなると問題は別。こういうことですか？」

「そういうことになるかな……」

暗澹たる気分になってきた。

阿岐本からは、放っておけと言われている。だが、放ってはおけない。

いまさら、阿岐本に話を蒸し返すわけにはいかない。方法は一つだ。日村が全亜興業に出向いて挨拶を通すしかない。

「アニキの道楽にも困ったもんだよな」

永神が言った。「おまえも苦労するよな」

「いえ……」

「全亜興業には、ツテがないわけでもない。誰か紹介してやろうか？」

「オジキにそこまでしていただくのは、気が引けます。うちの問題ですので、こちらでなんとかします」

「そうか？　まあ、俺も余計なことに首を突っ込んで、墓穴を掘るようなことはしたくない」

「はい。私が何とかします」

「だがな」

「は……？」

「阿岐本のアニキは、おそろしく運が強いんだ。頭の上から爆弾が落ちてきても、あの人だけは生き残るだろうな」

「ええ、そうかもしれません」

「だから、きっとだいじょうぶだ」

何の慰めにもならなかった。

オヤジは運が強いかもしれないが、日村は決して強運というわけではない。まあ、この稼業で今まで前科がついたこともなく、人並みに生きていられるのだから、運が悪いということもないだろうが……。

日村は、人生最大の危機に陥ったような気分で永神の事務所をあとにした。

梅之木書房に戻る気にはなれなかった。事務所にも戻りたくはない。かといって、自宅に帰って一人になると、不安が募るだけだと思った。

どこかで酒が飲みたい。無性にそう思った。酒を飲むなら地元が一番いい。よそのシマで飲んでいるとひどく落ち着かない。

これがヤクザの不自由なところだ。他人のシマで酒を飲んでいるというだけでトラブルになることがある。

だからヤクザはどこにいてもぴりぴりしている。その緊張感が凄味にもなっている。徒党を組んで酒を飲む暴力団の連中がいるが、彼らも実は緊張しているのだ。

いつ何時何があるかわからない。その気持ちが苛立ちを生み、それに酒が入るとちょっと面倒なことになったりする。

感情のタガが外れることがあるのだ。素人に絡んだり、店の者に無理難題を吹っかけたりするのは、緊張感の裏返しなのだ。

自分のシマ内で飲むときは、意外とおとなしいものだ。とにかく地元に行って、なるべく気心の知れた店で飲もうと思った。

最近では、地元の飲食街でも経営者が入れ替わり、暴力団員お断りという店もちらほら出はじめている。

阿岐本組はミカジメを強要しているわけではない。祭があると、何かと雑用を引き受け、揉め事があるとその調停役を引き受ける。

もちろんそのたびに幾ばくかの金は受け取る。だが、たいていはご祝儀や礼金という形で先方のほうから進んで支払ってくれるのだ。

昔はそういう地域が多かった。日本中で博徒や神農さんが地域と共存していた。もちろん、社会のはみ出し者であることは日村も自覚している。

地域が博徒や神農を追い出そうとする。すると、シノギがなくなったそれらの人々が手っ取り早く儲けられる商売に手を出す。その中には悪行も含まれる。

組織が大きくなると、末端ではさらに歯止めがきかなくなり、やがて暴力団と呼ばれるようになる。

阿岐本組は、今時珍しい昔気質のヤクザということになる。それでも、日村たちを店から追い出そうとする経営者がいる。

おそらく、よそで暴力団にひどい目にあっているのだろう。あるいは、社会的なモラルとして暴力団排斥を掲げているのかもしれない。

古くから地元で飲み屋をやっているような顔なじみも、だんだんと少なくなってきている。世の中住みにくくなっている。

ヤクザが住みにくいということは、一般の人も住みにくいはずだと、日村は思う。

つまりおおらかさがなくなっているのだ。他人とちゃんと付き合うことができない。礼儀も知らなければ、気配りもない。

隣近所との付き合いすらできない人が増えている。人間関係がぎすぎすするのはあたりまえだ。

最近は、やたらにガキが人を殺したり、傷害沙汰を起こしている。当然だと日村は思う。他人とちゃんと付き合えない人間が、子供をまともに育てられるはずがない。

最近の親を見ていると、ヤクザを見習えとさえ言いたくなる。

気分がふさいでいると、思考が暗いほうへ暗いほうへと向かっていく。

地元に戻ってきたときには、すっかり日が暮れていた。ずいぶんと日が短くなった。電車の高架脇の道を歩いていると、秋の夕暮れの商店街の風景が、何だか無性に切なく感じられた。

地元の町はこんなにのんびりとしていたのか……。

駅から出てきたサラリーマンやＯＬが帰宅を急ぐ。主婦が子供を連れて買い物をしている。高校生がファーストフードの店の前で立ち話をしている。

新鮮な光景に見えて、なぜか涙が滲んだ。

幸いにして、阿岐本組は他団体との抗争などとは無縁なので、日村は鉄砲玉などをやったことがない。

もし、鉄砲玉を命じられたら、こんな気分になるのかもしれない。事態は鉄砲玉どころではない。へたをしたら、阿岐本組と国江田組との戦争になりかねない。

そうなったら、阿岐本組に勝ち目はない。

いつしか、小さな小料理屋の前に来た。日村を受け容れてくれる店の一つだ。若い頃にこそこの料亭で修業した板前が店を出した。

夫婦で切り盛りしているささやかな店だが、地元でも人気が高い。

日村が暖簾をくぐると、板前がカウンターの中から笑顔を向けた。

「いらっしゃい。今日はお一人で……？」

「はい……。カウンター、いいですか？」

「どうぞ、いつもの席で……」

日村は一番目立たない、壁際の端の席に座った。ビールを注文してひっそりと飲みはじめる。

切り干し大根と油揚げの煮浸しのつきだしが出た。何ということはない料理だが、やはり手間がかかっている。出汁(だし)の味が違う。日村はそれをしみじみと味わった。本当に刑務所に入ることを覚悟した鉄砲玉のような気分だ。

ビールのボトルが空になる。そのタイミングを見計らって板前が声をかけてきた。

「お飲み物、何になさいます?」

「焼酎をください」

「飲み方は?」

「ロックで……」

「サンマの活きのいいのが入ってますよ。焼きましょうか?」

「いいですね。もらいましょう」

「秋茄子(なす)もうまいですよ。焼き茄子なんかいかがです?」

「お願いします」

こんな日常のやりとりが、純粋に大切だと思える。

店にサンマの焼けるいい匂いが漂い、日村は焼酎のロックを口に運びながら、今だけは明日のことを考えまいとした。

出てきた料理をつまみ、焼酎を二杯空けると、ほろ酔い気分になってきた。だからといって気が晴れるわけではない。

余計に憂鬱になってきた。酒を飲んで気が大きくなることもある。だが、逆もあるのだ。

「お代わり、作りましょうか？」

板前が言う。

「いや、今夜はやめておきます」

「何かあったようですね」

「そりゃ、こんな因果な稼業ですからね。毎日いろいろなことがあります」

板前はふと真剣な表情になった。

「日村さんがそんな顔をしているのは、見たことがありません」

「私は、生まれつき能天気ですからね」

「日村さんが能天気なら、私なんぞは、正真正銘の阿呆ですよ。日村さんは、いつも何か難しい問題を抱えてらっしゃる。でも、今日みたいに思い詰めている姿は初めて見ました」

「いや、本当に何でもないです」

日村は勘定を済ませた。立ち上がって、店を出ようとすると、サラリーマンの三人組がどやどやと入ってきた。その一人と肩がぶつかった。

「痛えな」

そのサラリーマンは日村の顔を睨んだ。すでに酒気を帯びている。

日村は通り過ぎてから振り返った。

板前と一瞬眼が合った。板前は不安げに日村を見ていた。

「すいません」

日村は相手のサラリーマンに頭を下げた。

「ちゃんと前見て歩こうよ、前見て」

中年のサラリーマンは、調子に乗って大声で言う。

「気をつけます」

言いながら、相手の眼を見た。

急に相手は落ち着かない態度になった。あわてて眼をそらした。

日村の眼に怯えてしまったのだ。

そのまま店を出た。少しだけいい気分になり、同時に自己嫌悪を感じていた。

# 10

ほとんど眠れずに朝を迎えた。少しはしゃんとしようと、シャワーを浴びた。

寝不足でひどい気分だった。相手に気圧される。寝不足は交渉の場では大きなハンディーとなる。脳
体調不充分だと、相手に気圧される。寝不足は交渉の場では大きなハンディーとなる。脳の活動が鈍るからだ。

気合いと頭の回転。それがヤクザの命だ。

だが、あれこれ言っている場合ではない。国江田組と何か起きないうちに、話をつけておかねばならない。

白いワイシャツにちゃんとネクタイを締め、いつもの黒いスーツを着た。

腹をくくれ。

自分にそう言い聞かせて自宅を出た。

場合によっては、指の一本も落とさなければならないかもしれない。日村は、両方の手の指はまだそろっている。

代貸の指で済む話ではないかもしれない。とにかく、話をしてみることだ。

駅ビルに入っているそこそこ名の通った和菓子屋で、一番高い菓子折を買った。車ではなく電車で出かけることにした。

帰りに運転して帰ってこられるとは限らない。指を落としただけで、人間は運転などできなくなるものだ。

あるいは、そのまま病院送りになりかねないし、事務所に軟禁されるということもあり得る。

胸が高鳴る。緊張のためにアドレナリンが全身を駆けめぐっているのが実感される。

国江田組、つまり全亜興業の事務所は、梅之木書房から徒歩で二十分ほどの距離だ。ビルはすぐに見つかった。

梅之木書房が入っている雑居ビルよりずっと近代的で立派なビルだった。そのビルのワンフロアがまるまる全亜興業になっているようだ。

尋ねてみて驚いた。

まったく普通の企業と変わりがない。受付嬢までいる。きちんと制服を着ている。だが、よく見ると髪の色は茶色だし、化粧も派手だ。おそらく、組員が知り合いの水商売の子でも引っぱってきたのだろう。

「いらっしゃいませ」

見かけよりずっと丁寧な口調で、受付嬢が声をかけてきた。

「社長にお会いしたいのですが……」

「お約束ですか？」

「いえ、約束はありません」

「失礼ですが、お名前は？」

「阿岐本組・代貸、日村誠司」

看板を名乗ったにもかかわらず、受付嬢は顔色も変えない。この手の客は珍しくないということなのだろう。

「少々お待ちください」

内線電話をかけた。

来る途中は、逃げ出したい気分だった。だが、ここまで来ると腹が据わった。

この命がオヤジのためになるなら、それでいい。浪花節だが、そう思うことで、気合いが入った。

奥から恰幅のいい男が現れた。恰幅がいいというより、巨漢といったほうがいい。肩幅も広ければ、胸板も厚い。首が太く、背広の二の腕のあたりがはち切れそうだ。

おそらく柔道か何かの選手だったのだろうと想像した。腹が出ていなかったら、さぞかしいい体格だろう。

「常務取締役の佐古といいます」

名前は聞いたことがある。

佐古義明。国江田組のナンバーツーだ。博徒系でいうと代貸、関西系では若頭と呼ばれている立場だ。

ばりばりの武闘派だが、大学出で頭も切れるということだ。

「阿岐本理事はお元気ですか?」

阿岐本が親睦団体の理事をやっている。佐古はそのことを知っているのだ。

「おかげさまで……」

「それで、ご用件は?」

「えー、こちらの会社で管理されている地域にある出版社のことで……」

日村がそう言うと、佐古はにっと凄味のある笑いを浮かべた。

ずいぶんと練習したのだろうな、と日村は思った。こうした笑顔は自然と身に付くものではない。日村にも経験がある。

凄味のある表情は、鏡を見て練習するのだ。ヤクザは役者と同じでイメージ商売なのだ。

佐古は言った。

「シマの話ですね。お互い同業者です。まどろっこしい言い方はなしにしましょう。出版社ですって?」

「はい。梅之木書房という会社です」

佐古は首を捻(ひね)った。記憶にないらしい。

「それが何か……?」

「倒産しかかっていた会社を、永神のオジキが処分しようとしていたのです。うちのオヤジがそこの会社の社長をやりたいと言いだしまして……」

　佐古の眼がすっと冷たくなった。

「ここではナンですので、どうぞこちらへ……」

　日村は応接室に案内された。

　現代的なデザインの応接セットがあった。机は硝子と金属でできている。同じ材質の金属でフレームを作り、そこに大きなクッションをあしらったようなソファがあった。

「これ、つまらんもんですが……」

　日村は菓子折を差し出した。

　佐古はそれを一応おさめると、着席を促した。

「どういう話なのか、今ひとつわからんのですが……」

「つまり、うちのオヤジが、おたくのシマの中にある出版社の社長になってしまったわけで……。あ、しかし、シノギとかそういうことじゃなくって、あくまでオヤジの道楽なんです。会社も赤字の連続で、傾いたままだし……」

「思い出した……」

　佐古は言った。「『週刊プラム』を出している会社ですね。関西のほうの組のことでスクープを出して話題になった……」

「はい」

　佐古は大きく息を吸い込み、そして吐き出した。眼が危険な光を帯びる。

「そいつはちょっと困ったことになりましたね」

「事前に挨拶に来るのが筋だったのは承知しております。失礼があったことは、このとおりお詫びいたします」

日村は深々と頭を下げた。

しばらく沈黙が続いた。

「あんたも同業者なんだ。頭を下げたから済むという問題じゃないことくらいわかってんだろう」

口調が変わった。低く押し出すような声になった。

日村は頭を下げたまま言った。

「おっしゃるとおりです」

「それで、どうするつもりなんだ？」

「はあ……」

「だからさ、どういうふうに落とし前をつけるつもりなんだと聞いてるんだ。まさか、菓子折一つで片づくとは思ってないよなあ」

頭を上げた。

「こちらから条件を提示するわけにはまいりません」

こういう場合は、金の話になる。

会社の収益の何パーセントかを、管理費や顧問料とかいう名目で支払うことを要求されるだろうと思った。

梅之木書房が赤字続きだろうがつぶれかけていようが、佐古には関係ない。搾(しぼ)り取れるだけの金を搾り取ろうとするだろう。

佐古は油断ない目つきで何事か考えている。

「社長に面会を申し入れたそうだな?」

「はい」

「あんた、阿岐本組ではどういう立場なんだ?」

「代貸です」

「代貸がトップと話をつけに来たというのか? それ、筋が違ってねえか? トップにはトップが話をつけるのが筋じゃねえか」

うちのオヤジは、挨拶を通す気などない。そんなことは口が裂けても言えない。それを言ったとたんに、戦争になる。

「申し訳ありません。おっしゃるとおりです」

「まったく、話にならねえな……」

佐古は舌打ちをした。「ちょっと待ってろ。社長と話をしてくる」

「はい」

佐古は応接室を出て行った。

日村は、一人残されて生きた心地がしなかった。

相手はどう出るかまったくわからない。どんな要求をされても、断れる立場ではない。指を詰めろと言われれば、詰めねばならないし、死ねと言われれば、死ななければならない。また、阿岐本組に大きな負担がかかるような要求を呑んだとなれば、阿岐本に合わせる顔がない。

日村には荷が重すぎる交渉だ。それは最初からわかっていた。だが、やるしかなかったのだ。

じっとりとてのひらが汗ばむ。脇の下にもいやな汗が滲んでいた。もう、二度と地元には戻れないかもしれない。

ただで帰してもらえるとは思えない。

また、組に多大な迷惑がかかるような条件を呑まされたとしたら、死んで詫びるしかない。

どのくらい待たされただろう。日村には時間の感覚がなくなっていた。頭を垂れて、ただ処分を待つしかなかった。

やがて、応接室のドアが開いた。

日村は反射的に立ち上がっていた。

戸口に、すっきりとした紺色の背広を着た初老の男が立っていた。背はそれほど高くはない。細身で、白髪だ。

一見すると、銀行員のようにも見える。

だが、その眼光は鋭かった。

見覚えがある。どこかの義理事で見かけたのかもしれない。

国江田昭治。国江田組の組長だ。彼はにこりともせずに、歩を進め、日村の正面にやってきた。

そして、ゆっくりとソファに腰を下ろした。佐古はその後ろに立っている。

「座ってください」

国江田が言った。その声は嗄れており、聞き取りにくかった。静かな口調だが、有無を言わせない迫力を感じる。

日村は言われたとおりに浅く腰をかけ、背筋を伸ばして目を伏せていた。

国江田昭治は、しばらく何も言わない。

見られている。

日村はそう感じていた。国江田は、じっと日村を観察しているのだ。どう料理してやろうかと考えているのかもしれない。

肉食獣が獲物をいたぶっているようだ。

日村は背筋が凍り付くような思いだった。

「日村さんとおっしゃいましたか……」

ようやく国江田が声を発した。かさかさとした声。

「はい」

日村は、勇気をふりしぼって顔を上げた。国江田とまともに眼が合った。気圧されそうになる。ぐっとこらえて眼をそらさなかった。

「兄弟も、物好きだ」

「は……?」

日村は、国江田が何を言ったのかわからなかった。

兄弟? 何のことだろう。

「梅之木書房だったな?」

国江田が尋ねる。日村はうなずいた。

「はい」

「出版社なんてシノギにならない。あれは、シノギというより、博打だ。だから、阿岐本の兄弟も物好きだと言ったんだ。今に負債で首が回らなくなるぞ」

「阿岐本の兄弟……?」

「知らなかったのか? まったく、この佐古といい、おまえさんといい、最近のやつはなってない。親の代のことを何にも知らないんだな。俺と阿岐本とは五分の兄弟だよ」

聞いたこともなかった。

だいたい、阿岐本は兄弟分が多すぎる。どこで誰と杯を交わしているかなんて、把握しきれるはずがない。

「まあ、俺たちが若い時分のことだから、無理もないか……。阿岐本はね、そりゃあ男気があったよ。命知らずという言葉があるがね、本当に命知らずなんてそうそういるもんじゃない。だが、阿岐本の兄弟は本当に命知らずだった」

若い衆が聞いたら、何かの冗談かと思うに違いない。

「それにね」

国江田が続ける。「兄弟は情に篤くてね、義理と人情の板挟みって言葉があるが、兄弟は義理も人情も立てる人だった。人の情がわかるってのかな……。義理を通しながらも、人の情けを大切にする人だった。だから、兄弟のことを悪くいう渡世人は、私の知る限りでは一人もいなかった」

「はあ……」

聞いていて何だかこそばゆくなってきた。

「私らは、どうにも不自由な世界に生きている。義理を守らなきゃならん。筋も通さなきゃならん。だから、阿岐本の兄弟とは若い頃に約束したんだ。お互い、筋を通すの通さないのという話は一切なしにしようと……」

「つまり……」

「うちのシマでどんな道楽やろうが、私の知ったことじゃないということだ。もし、兄弟が筋を通すだのと言ってきたら、逆に私は許さない。若い頃の約束を忘れたのかと、激怒しただろう」

日村は再び頭を垂れた。

「知りませんでした。自分は勝手なことをしてしまったようです」

「阿岐本は、あんたがここに来たことを知らなかったということだな?」

「はい。自分の一存です」

「ならば、目をつむってやろう」

「すいません」

「永神にも何か言われたんだろう?」

「いえ、その……」

「永神も粗忽者だからな……。だが、阿岐本の弟分ということは、俺から見ても弟ということだ。だから、あいつが梅之木書房に眼を付けたと聞いても、黙っていた。つまり、あの会社をくれてやったんだが、阿岐本の兄弟がそこの社長におさまるとはな……」

なるほど、永神が梅之木書房を処分しようとしていたのにはそういうカラクリがあったのか。

日村は独り相撲を取っていたというわけだ。この稼業は人脈が複雑だ。まだまだ、自分は半人前だと、日村は痛感していた。

「それで……」

国江田の口調が変わった。「梅之木書房のほうは、どうなんだい?」

「はあ……。どうもこうも……」

「まあ、週刊誌でスクープを抜いたくらいじゃ、とても会社を立て直すことは無理か……」

「はい」

「うちとしてもね、会社が倒産するより、持ち直すほうがシマ内の飲食店も活性化する。シノギも増える。バブル崩壊や暴対法でね、企業舎弟なんかで稼いでいる組も多くなったが、やはり基本はシマ内のシノギなんだ。組織が大きくなり、その三次団体だ四次団体だっていう枝は、もともとシマを持っていないこともあり、あまりそういうことに眼を向けなくなってきている。地域のことを考えない。だから、ヤクで商売やろうなんてやつが出てくる。そういうご時世だから仕方がないのかもしれないがね……」

阿岐本も常日頃、それを嘆いている。

日村も同感だった。だが、ここは言葉を挟む場面ではない。黙って国江田の話を聞くことにした。

「だからさ、阿岐本の兄弟には、ひとつがんばってもらって、梅之木書房を立て直してもらいたいものだ」

「ありがとうございます」

「ときに……」

国江田は言った。「自叙伝とか、出す気はないかな……」

「は……？」

日村は、思わず顔を上げた。

「私もね、いろいろと人生苦労をしている。ここらで、半生をまとめてみてもいいかなと思っているんだが……」

国江田は、ちょっとはにかんだような笑みを浮かべた。

日村は国江田の背後に立つ佐古をちらりと見た。佐古は、顔をしかめそっと首を横に振ってきた。

「そりゃあ、出版社ですから、どんな本だって出すと思いますが……」

我ながらいい加減なことを言っているな。

日村は思った。

「そうか」

国江田は、ちょっとうれしそうな顔になった。「実は、すでに構想を練りはじめていたんだ。今日は時間がない。今度、あらためて相談に乗ってくれるか?」

「はい」

そう言うしかなかった。

「兄弟によろしくな」

「はい。今日はお時間をいただきまして、ありがとうございました」

「この佐古が、何か失礼なことはしなかったか?」

「いいえ」

「何だったら、指詰めさせるよ」

さらりと言ったが、それが冗談ではないことがわかる。

「とんでもありません。佐古さんにも、ご迷惑をおかけしました」

「そうかい。それならいいんだ」

国江田は、部屋を出て行った。送り出してから、佐古が戻ってきた。

「あんた、本当にうちの社長とあんたんとこの親が五分の兄弟だったってこと、知らなかったのか？」

さっきとうってかわって、すっかり迫力がなくなっている。

「知りませんでした。だったら、訪ねては来ません」

佐古がどっかとソファに腰を下ろした。くだけた口調で言った。

「実はな、あんたんところに脅しをかけて、搾り取るだけ搾り取ってやろうと、社長に相談を持ちかけたんだ。そうしたら、急に社長の顔色が変わってな……。いったい何事かと思ったよ」

「自分も驚きました」

佐古は溜め息をついた。

「借りができたな。あんた、俺をかばってくれた。でなきゃ、ひどい目にあっていた」

「本当に指（エンコ）を……？」

「そんなんじゃねえよ。俺たちは表の仕事もしている。銀行なんかとも付き合いがあるんだ。小指がないんじゃまとまる商談もまとまらない。もっとひどいんだよ。ノルマを増やされるんだ」

「はあ……」

「俺は堅気の仕事に手を出すようになって、つくづく思ったね。堅気のサラリーマンてえのは、えらいもんだとね。ノルマってのは、抗争よりおっかねえ」

「そんなもんですか」

「あんたも、梅之木書房で役職についているんだろう？」

「役員をやってます」

「役員てえのはな、責任を負わされるんだぞ。あんた個人にも負債がおっかぶされるかもしれねえ」

冗談じゃない。そんな話は聞いていない。

そういえば、阿岐本のそばにいると、聞いていない話ばかりで苦労する。

だが、日村も世間知らずの子供ではない。取締役が会社の経営に責任を持たなければならないことくらいは知っている。今まで、考えてもいなかっただけのことだ。

「あの話だがな……」

佐古が言った。

「あの話？」

「社長の自叙伝の話だ。社長、本気だぞ。今さら断れないからな」

「わかっています」

「社長の文章、読んだことないからそんな涼しい顔してられるんだ」

「何とかしますよ」

日村はそう言うしかなかった。「プロの編集者がいるんです」

「親同士が兄弟となれば、俺たちだって赤の他人というわけじゃねえ。何かあれば相談に乗る。だが、自叙伝の件に関しては助けてやれねえ。あんたが承知したんだ。ケツはあんたがふけよ」

「わかっています」

日村は、ふと考えた。「本当に相談に乗ってもらえますか?」

「何だ?」

「最近、ここの所轄のマル暴らしい刑事が、梅之木書房をマークしているらしいんですが、心当たりはありませんか?」

「どんなやつだ?」

「髪の短い、ちょっと見、ヤクザみたいなやつです。若いのを連れていました。若いほうは、ブルゾンのスーツみたいなものを着ていました」

「ああ、そりゃ、藤木(ふじき)と島本(しまもと)だ」

「やはり、マル暴ですか?」

「ああ。藤木は嫌なやつでな……。ねちっこく攻めてくるぞ。うちもずいぶんと嫌がらせをされたが、こっちはここんところ、まともな商売が中心で、渡世のほうはひかえめにしているんで、関心がそっちに移ったのかもしれねえな」

「警察(ヒネ)にも、ノルマがありますからね」

佐古は、ノルマという言葉に反応して渋い顔をした。

「話はわかった。藤木たちの動向はこっちのほうがさぐりやすい。何かわかったらすぐに知らせるよ」

「恩に着ます。これで貸し借りなしです」

「今、つくづく思うが……」

佐古は、にっと笑った。「あんたと、事を構えなくて本当によかったよ」

## 11

全亜興業をあとにして、梅之木書房にやってきたときには、ぐったりと疲れ果てていた。気が抜けてしまい、何もする気がしなかった。

それから一週間後のことだ。『週刊プラム』の片山が鼻息荒く、日村のもとにやってきた。

「あんたんとこの若いの、えらいことをやってくれたな」

真吉のことだろう。

また、トラブルか……。一難去ってまた一難とはこのことだ。

日村は、うんざりした気分で尋ねた。

「何かありましたか」

「営業はてんやわんやだぞ」

「営業……？　営業部と揉め事ですか？」

片山は、大きな栗のような顔を興奮で赤く染めている。この男がこれほど興奮を露わにするのは初めて見た。

よほどのことが起きたようだ。今の日村に揉め事を調停する気力はない。だが、そんなことは言っていられない。

真吉が問題を起こしたとなれば、日村がそれを解決しなければならない。真吉に落とし前をつけさせる必要もある。

「まさか、営業部の女性に手を出したとか……」

真吉が揉め事を起こしたと聞いて、真っ先に思い浮かぶのはやはり女のことだ。

片山はきょとんとした顔をした。

「何の話だ？」

「だから、うちの真吉が何か問題を起こしたんでしょう？」

「今週号がばか売れなんだよ。売り切れ店が続出で、営業も印刷所もフル回転だ」

「ばか売れ……？」

「編集部ではグラビアのおかげだと分析している。吉沢真梨子のセクシーショットだ」

「あう……」

虚を衝かれて、声が洩れた。

忘れていた。たしかに真吉の企画だ。

日村は、片山に尋ねた。

「その号、持ってますか？」

「なんだ、まだ見てないのかい？」

「ちょっとごたごたが続いてまして……」

「失礼……」

片山は、日村のデスクの電話に手を伸ばした。編集部の誰かに持ってこさせるのだろう。

日村はどきどきしていた。昔、密かに心を躍らせたアイドルのセクシーショットだ。編集部のバイトらしい若い男が『週刊プラム』の最新号を持ってきた。

巻頭のカラーグラビアを開いた。

また、声が洩れそうになった。

いかにも高級そうな家具が置いてある部屋で、うすぎぬだけをまとった吉沢真梨子が写っている。

合計六ページにわたり、五つのショットが掲載されていた。一つのショットが見開き二ページを占めている。

老けたという感じはしなかった。愛くるしかったアイドルに妖艶さが加味されている。

「気づいたかい？」

片山は言った。

「何です？」

「そのグラビアにヘアは写っていない。乳首すら写ってないんだ」

それがたいして重要なこととは思わなかった。真吉はむしろ丸出しはいけないという意味のことを言っていた。

「たしかにそうですね」

吉沢真梨子の乳首などとんでもない。ましてやヘアなど……。日村はそう思っていた。

「今まで、うちのグラビアは、無意味にヘアや乳首を載っけてた。ヘアが解禁になった頃には、それこそどんなヌードでも週刊誌が売れた。その頃から惰性でヌードを掲載していたんだ。だが、時流は変わった。あんたとこの若いのは、そのことを教えてくれた。つまり、グラビアには付加価値が必要なんだ」

「難しいことはわかりませんが、真吉が役に立ったというのなら、うれしいことです」

「これで、二週にわたって完売だ。営業部はうれしい悲鳴を上げているというわけだ」

「そうならそうと、最初から言ってください」

「あんた、どうやら苦労性のようだな」

「ヤクザの代貸なんぞやっていたら、そうなります。あなたもやってみるとわかる」

片山は、にっと笑った。彼が笑うたびに、日村はなぜか驚いて身構えてしまう。

「週刊誌の編集長もなかなかハードだぞ」

国江田組の佐古が、堅気の仕事もなかなかつらいものだと言っていたのを思い出した。佐古を思い出すついでに、国江田が自叙伝を出したがっているのを思い出した。

「ちょっと聴きたいことがあるんですが……」

「なんだい？」

「全亜興業という会社を知っていますか？」

「ああ。国江田組だろう。地元だからよく知っている」

「そこの社長が、自叙伝を出したいと言っているんですが……」

片山は、表情を曇らせた。

「国江田組長だろう？　話を聞いちまったのか？」

「はい」

「断るわけにはいかんぞ」

「わかっています」

「一度、別の出版社にも自叙伝の話を持ち込んだことがあるそうだ。担当編集者は、冒頭の部分を読んだだけで卒倒しそうになったということだ。おそらくその原稿をうちにも持ち込む気だろう」

「まだ、構想の段階だと言ってました」

「いや、おそらくは出来上がってるんだ。あんたならわかるだろう。すでに出来上がっている原稿を渡すのと、話がまとまってから執筆したような振りをするのでは、こちらのありがたみが違う」

たしかにそのとおりだ。

書けというから書いたんだ。どれだけ苦労したと思ってるんだなどと凄まれたら、断るに断れなくなる。

「やはり、出版するのは無理でしょうか？」

「無理だろうな……」

また、やっかいなことをしょい込んでしまった。シマの問題が片づいてほっとしていた。その気のゆるみから、つい深く考えずに安請け合いをしてしまった。

そういえば、佐古がそっとかぶりを振って合図をくれていた。

「私が責任をもって断ります」

日村は絶望的な気分で言った。

今度こそ、指の一本や二本は覚悟しなければならないかもしれない。いや、慰謝料だ契約違反だと言って、法外な金を要求してくるかもしれない。

正式に契約などしていないが、そんなものはヤクザには関係ない。あの手この手でこちらの弱みにつけ込んでくるだろう。

「まあ、待てよ」

片山は言った。「どうして、そう何もかも自分一人で解決しようとするんだ？　一人で手に負えないことは、何人かで知恵を出し合う。会社ってのはそのためにあるんだ」

「何か方法があるんですか？」

「本人に文章を書かせなければいいんだ」

「ゴーストライターってやつですか？」

「それも面倒なことになるかもしれない。勝手に文章を直してへたな表現をしたりすると、ライターがトラブルに巻き込まれる心配がある」

「じゃあ、どうするんです？」

「『週刊プラム』でインタビュー記事を連載すればいい。それをまとめて本にする」

「インタビューで納得するでしょうか……」

「インタビューの謝礼と単行本の印税の二重取りだと言ってやればいい」

「なるほど……」

「『週刊プラム』としては大歓迎だよ。有力な組長の独占インタビューの連載だ。しかしな、一つだけ気になることがある」

「何です？」

「社長だよ。よその組長のインタビュー記事なんぞ載っけたら、さすがに面白くないだろう」

「それは、私が引き受けます。実は、うちのオヤジ……、いや、社長と国江田社長は兄弟分の盃を交わしているんです」

「そりゃ好都合だな。よし、さっそく編集会議にかける。問題はないと思う」

　助かった。

　梅之木書房に来てから、妙についている気がする。ひょっとしたら、この会社はツキを運んでくれるのかもしれない。

　もともと阿岐本組は博徒系なので、ツキは大切にする。阿岐本組が女の絡む商売に手を出さないのは、運を落とす女が必ずいるからだ。いわゆるサゲマンというやつだ。

　いや、阿岐本が梅之木書房にツキをもたらしたとも考えられる。阿岐本の勘は鋭い。思いつきで行動するように見えるが、その裏には人並み外れた勘の働きがあるのだろうと、日村は思っていた。

国江田のインタビュー記事を『週刊プラム』に連載することになりそうだと、阿岐本に報告に行った。

阿岐本はそっけなく、「そうかい」と言っただけだった。

「それで……」

阿岐本は日村に尋ねた。「国江田には会ったのかい？」

「お会いしました」

「何か言ってたかい？」

「いえ、特に……」

阿岐本はにっと笑った。

すべてお見通しということだ。

やっぱりオヤジにはとうていかなわない。日村はそう思いながら社長室を出た。

日村は『週刊プラム』編集部に行き、真吉の姿を探した。いい働きをしたのだから、一言ほめてやってもいいだろう。

真吉の姿はなかった。となりの席の編集部員に、どこへ行ったか知らないかと尋ねた。

つい今し方、編集長の使いで外出したという。

後でまた寄ってみようと、『週刊プラム』編集部を離れようとしたとき、ばたばたと駆けてくる足音が聞こえた。

足音で誰だかわかった。総務の金平だ。

「あ、ここにいらっしゃいましたか」

どうやら日村を探していたらしい。

「どうしました？」

「例の刑事たちと、おたくの若い方が揉めているようなんですが……」

「真吉のことですか？　どこです？」

「下の玄関のところです」

日村はエレベーターに向かった。金平があとに続く。エレベーターに乗り、ドアを閉じようとすると、片山が滑り込んできた。

「俺も行こう」

玄関の前で、二人のマル暴刑事が真吉に何事か問いつめている様子だ。

「わが社の社員が何かしましたか？」

日村は、ヤクザのような見かけの刑事に言った。

相手はぎろりと日村を睨みつけてきた。その所作もヤクザのようだ。

「職質だよ」

刑事が言った。「あんた、阿岐本組の構成員だな？」

「ここにいるときは、会社の役員です」

「たしか、日村とかいったよな……」

「そうです」

地元の所轄から情報を得ているのだ。

「そして、こいつは、志村真吉だ」

「あなたは、藤木さんですね？」

「ほう、俺も顔が売れたもんだな」

「知り合いから聞きました」

「どうせヤクザの仲間だろう」

「それが何か問題ですか？」

「おおいに問題だな。俺たちが企業舎弟やフロント企業を黙って見過ごすとでも思ってるのか？」

「フロント企業などという大げさな話じゃありません。オヤジの道楽なんですよ」

「そんな話が通るかよ。ヤクザが企業活動をやりゃ、立派なフロント企業だよ」

「この人たちは、会社の救世主だよ」

片山が言った。「すっかり傾いちまった会社をなんとかしようと必死で働いてくれているんだ」

「あんたは？」

「片山。『週刊プラム』の編集長だ」

「『週刊プラム』だ？　ああ、極道記事が売り物の三流週刊誌じゃねえか。なら知らねえはずはねえな。ヤクザってのはな、無駄なことは一切しねえんだ。損得勘定でしか動かねえ。会社を立て直そうとしているとしたら、何か魂胆があるんだ」

　こんな刑事は相手にするだけ時間の無駄だ。日村は言った。

「職質は、もう終わったんですか？　ならば、その社員を仕事に戻らせたいんですがね……」

「誰が終わったと言った？　これから本題に入るところだよ」

　真吉は、ふてくされたようにそっぽを向いていた。さんざん嫌味を言われたに違いない。

　彼らの目的は明らかだ。真吉を挑発しているのだ。

　もし、真吉が挑発に乗り、手を出したりしたらその場で逮捕だ。それからは、あの手この手で真吉を絞り上げ、いろいろな罪状をくっつけようとする。

　警察は相手がヤクザとなれば容赦しない。若い衆が取調室ではなく、警察署内の道場に連れて行かれて、殴る蹴るの暴行を受けることなど珍しくはない。

　そのへんのチンピラならマル暴刑事たちの計略にまんまとひっかかっていたかもしれない。だが、真吉もただのチンピラではない。看板を背負っているという自覚がある。そう簡単に挑発に乗ったりはしないだろう。日村は、その点では真吉を信頼していた。

　片山は、腹が立って仕方がない様子だ。金平は困り果てている。

ヤクザに絡まれたのなら警察を呼べばいい。だが、警察に絡まれたら誰にも助けを求められない。電話一本ですぐに駆けつけてくれる弁護士などそういるものではない。

藤木は真吉をねめつけている。真吉はそっぽを向いたまま藤木を相手にしていない。

それでいいんだ。

日村は心の中で真吉に語りかけた。我慢するのがヤクザだ。

藤木は、なんとか真吉を挑発する口実がないか探しているのだ。

「ほう、暴力団員がいっちょまえに、こんなもの持っているのか……」

藤木は、真吉の胸のポケットに手を伸ばした。

真吉が抵抗した。

「……何するんだ、てめえ……」

二人は揉み合った。藤木の手から何かが滑り落ちた。

万年筆だった。真吉がいつか編集部内で使っていたのを、日村は思い出した。

アスファルトの地面に落ちた万年筆は、衝撃で真っ二つに折れていた。地面にブルーブラックのインクが飛び散る。

真吉は、それを見つめて一瞬立ち尽くしていた。

藤木が顔をしかめた。

「抵抗するからこういうことになるんだ。まあ、ヤクザには用のないモンだろう」

その瞬間、真吉の体が躍った。

日村があっと思ったときには、すでに遅かった。

見事なロングフックが藤木の顔面をとらえていた。がつんという骨と骨がぶつかる鈍い音がした。

藤木が尻餅をついた。

「てめえ……」

藤木は立ち上がろうとした。その顎を真吉は靴の先端で蹴り上げていた。ぱっと血が舞った。アスファルトに散った藤木の血は、万年筆から飛び散ったインクと同じように見えた。

「このやろう、ふざけやがって」

島本という名の若い刑事が、喚きながら真吉に飛びかかった。

真吉は、島本を引きつけてから渾身のフックを顎に叩き込んだ。動きにまったく無駄がない。

たたらを踏んだ島本の金的を正確に蹴り上げる。

島本はひとたまりもなく、地面に崩れ落ち、股間をおさえて丸くなった。

藤木が唇から血を滴らせながら、ふらふらと立ち上がった。ほくそえんでいる。

「傷害と公務執行妨害の現行犯逮捕だ……」

手錠を出そうとする藤木に、真吉はさらにストレートを飛ばした。藤木は再び不意を衝かれ、まともにそれを食らった。

「やめろ」

日村は、怒鳴った。真吉の行動に啞然としてたのだが、ようやく我に返った。

それでも真吉は、藤木にさらに殴りかかろうとしている。これほど怒りに駆られた真吉というのは見たことがない。

真吉というのは、どちらかというと優男だ。だが、喧嘩には慣れている。

真吉のストレートを食らってまたしても地面にひっくり返った藤木は、さすがにあわてた様子だ。

頭を振りながら立ち上がると、藤木は言った。

「てめえ、当分娑婆には出てこれねえからそう思え」

真吉はまだ身構えている。

日村は言った。

「真吉、おとなしくしろ。いったい、どうしたというんだ」

「とにかく、言い逃れはできねえからな」

藤木が言った。「こいつの身柄(ガラ)は預かっとくぜ。いずれおまえも引っ張ってやるからそう思え」

パトカーがサイレンを鳴らしてやってきた。藤木が一発目を食らったときに、島本が応援を呼んだのだろう。

制服を着た警官が駆けつけ、真吉は取り押さえられた。すでに真吉は抵抗する気配をなくしていた。ぼんやりしている。興奮が一気に冷めてしまったようだ。

真吉がパトカーに押し込められると、藤木は日村を睨みつけてその脇に乗り込んだ。島本は股間を押さえ、腰をかがめたまま反対側のドアから、真吉を藤木と挟むように乗った。

パトカーが去っていくと、金平が言った。

「たいへんなことになりましたね……」

日村は腹が立った。

何事にも自制するようにと、日頃口を酸っぱくして教えている。まさか、真吉が刑事に殴りかかるとは思ってもいなかった。

刑事が挑発してくることなど珍しくはない。いちいち挑発に乗っていたら、組などたちまちつぶされてしまう。

「面目ありません」

日村は言った。「いつもは、あんなやつじゃないんですが……。いったい、どうしたのか、私にもわかりません……」

日村は、恥ずかしかった。それでなくても一般人の印象では、ヤクザは暴力と結びついている。

片山が地面に落ちた万年筆を見つめている。真っ二つに折れてしまった万年筆だ。

彼は言った。

「あれ、俺がやったんだ」

「え……」

日村は眉をひそめた。

片山は、二つになった万年筆を拾い上げた。手がインクで汚れた。

「これ、俺が使っていたものなんだ。一度編集部であいつに貸してやったら、生まれて初めて万年筆なんか使ったって言うから、入社祝いだっていって、やったんだ。すごくうれしそうにしていたが……」

なるほどと日村は思った。

たしかに、真吉はうれしそうに万年筆を使っていた。

編集長からの入社祝い。これは真吉にとっては何より大切なものかもしれない。一般社会で初めて受け容れられた証拠ともいえる。

何より片山の言葉がうれしかったに違いない。

「たいしたもんじゃない。国産の安物なんだよ」

片山が言った。

「そういうことじゃないんです。今、初めて真吉の気持ちがわかりました。あいつにとっては、大切なものだったんです」

「それにしても、捕まるのがわかっていて警察官に殴りかかるなんて……」

「ここにあなたがいたからです」

「俺が……？」

「あなたにいただいた大切なものを、目の前で藤木に壊された。そういう場合、捕まるどころか、命だって捨てます」

「まさか……」

「それがヤクザってもんです」

金平が言った。

「なんとかしなければ……。このままだと、あの若い方は懲役を食らってしまいます」

「志村真吉だ」

片山が金平に言った。

「は……？」

「あの若い方、なんて呼び方はやめろ。彼は志村真吉というんだ。れっきとした『週刊プラム』の編集部員だ。名前くらい覚えておけ」

「はあ……」

日村にとっても、片山のその言葉は涙が出そうなくらいうれしかった。

金平は、あくまで事務的な口調で言った。

「その志村さんが、『週刊プラム』の編集部員だというのならなおさらのこと、何か手を打たなければなりません」

ヤクザが警察に逮捕されたのだ。打つ手などあるだろうか。法を楯に取った警察は、やりたい放題だ。

これまで、こういう事態をひたすら避けてきた。日村はたいていのことなら対処できる。

だが、相手が警察となるとほとんどお手上げだ。

地元の所轄の甘糟に、くれぐれも注意するようにといわれていたのだ。気をつけていたつもりだ。だからこそ、一人で全亜興業に乗り込んで行ったのだ。だが、詰めが甘かったようだ。

「とにかく……」

日村は言った。「私は社長に知らせてきます」

「俺も何か手がないか考えてみる」

片山が言った。「もとはといえば、こいつが原因なんだ」

片山は、てのひらに乗せた万年筆の二つの破片を見ていた。

## 12

「ばかやろう」

阿岐本の怒鳴り声が聞こえた。と思った次の瞬間、頬をしたたかに張られていた。

阿岐本は机の向こうにいた。立ち上がったと思ったら、もう手が飛んできていた。いつ机の向こうからこっち側へやってきたかわからないほど素早かった。

思わず頭がくらっときた。それほどに阿岐本の一撃は力がこもっていた。

久しぶりにひっぱたかれた。

阿岐本の怒りの激しさをひしひしと感じた。

「てめえがついてて、なんてざまだ。代貸といやあ、若衆の頭（カシラ）だろうが」

「すいません」

「よりによって警察（ヒネ）と事を構えるたあ、どういうことだ。真吉のやつは何考えてるんだ」

阿岐本は怒鳴りまくった。何があってもにこにこしている普段の阿岐本からは想像もつかない。

だが、これが本当の阿岐本なのだ。人がいいだけでヤクザの親分がつとまるはずがない。

それを充分に知っている日村でさえ、震え上がるほどだった。

「あいつもずいぶんと我慢してはいたんですが……」

「我慢が足りねえんだ。とことんし通さなきゃ、我慢じゃねえだろう」

「はい……」

「これは、真吉一人の問題じゃねえんだ。阿岐本組全体の問題だ。そこんとこ、わかってんのか」

「はい」

ただ頭を垂れているしかない。

「わかってたら、何で真吉を止められなかった?」

また阿岐本の手が飛んできた。頬が派手な音を立てる。目の前が一瞬まばゆく光って、視界が揺れる。頬がじんとしびれた。

阿岐本の荒い鼻息が聞こえた。

それが徐々におだやかになっていく。阿岐本は自分自身の怒りを制御している。日村はそれを感じていた。

やがて、阿岐本は言った。

「経緯(いきさつ)を話してみろ」

「はい」

日村は、金平に呼ばれて玄関先に出て行った時点から順を追って話しはじめた。

阿岐本は仁王立ちで黙って話を聞いている。

藤木というマル暴の刑事が職質という名目でしつこく真吉を挑発していたらしいこと。そして、真吉が持っていた万年筆を取り上げようとしたこと。それが地面に落ちて壊れてしまったこと。その万年筆は、真吉が『週刊プラム』にやってきた祝いとして、編集長の片山が贈ったものであること……。

日村は最後に言った。

「その万年筆は、真吉にとってとても大切なものでした。その気持ちはわかってやっていただけると思います」

阿岐本は何も言わない。

日村はおそるおそる眼を上げた。

鋭い眼光に射すくめられるような思いがした。眼をそらしたいのをこらえていた。

長い沈黙の後に、阿岐本は言った。

「てめえは、その真吉の言い分を呑んだのか？」

「真吉は、そのことについて一言も言いませんでした。万年筆のことを教えてくれたのは、片山さんです」

「俺が聞きたいのは、真吉の気持ちを、おまえは呑んだのかということだ」

「はい」

日村は言った。「あいつは、大切なものを守ろうとしただけです」

阿岐本は念を押すように尋ねた。

「真吉は何も言わなかったんだな？」

「はい。一言も……」

また長い沈黙があった。

やがて、阿岐本は言った。

「おい、日村。喧嘩の鉄則てのは何だ？」

「勝つことです」

「相手を見て喧嘩をしなけりゃな」

「はい」

「警察を相手に喧嘩するなんざ、愚の骨頂だ」

「すいません」

「ヤクザが喧嘩に負けたら終えだ」

「はい」

「けどな、日村。ヤクザだからこそ、負けるとわかっていてもやらなきゃならねえ喧嘩もある」

「はい」

「真吉のやつは、大切なものを守ろうとしたんだな？　そして、それは、片山の気持ちを守ろうとしたということだな？」

「自分はそう思います」

「その真吉の気持ちを、代貸のおまえが呑んだんだな？」

「はい」

「だったら、しょうがねえや。その喧嘩、俺が買うしかない」

日村はただ頭を下げるしかなかった。

「申し訳ありません」

「ただな……」

阿岐本は、溜め息を洩らした。「俺も警察を相手に勝負をしたことはねえ。どうやったら勝てるか、ちょっと思いつかねえ」

「自分もです」

「知恵だ」

阿岐本は言った。「組織力は問題にならん。法律も向こうの味方。社会的にも向こうにずっと分がある。……となりゃあ、武器は知恵しかねえ。知恵を絞るんだよ」

「国江田さんところの、佐古さんが、藤木や島本の情報をくれると言っていました」

「藤木や島本……？」

「真吉を引っ張った刑事たちの名前です」

「駐禁でレッカー移動されたときに、こっちの様子をうかがっていた二人だな？」

「そうです」

「佐古か……。やり手だが、ここで国江田んとこがへたな動きをすれば、藪蛇になりかねない。その刑事たちは、手ぐすねひいて俺たちと国江田んとこが何かやらかすのを待ってるんだ」

たしかに阿岐本の言うとおりだ。

ヤクザ同士がいくらつるもうと、警察に対して勝ち目はない。いくら相手のやり方が汚かろうが、向こうには社会正義のためにやっているという大義名分がある。

「片山さんが、何か手を考えると言っていました」

「おい、日村。ヤクザの喧嘩に素人を巻き込むなよ」

「もともとは、自分がやった万年筆がもとだと、片山さんはひどく気にしている様子でした」

「そいつは関係ねえ。あくまでもらった真吉の側の気持ちの問題なんだ。片山には関わるな ときっちり言っておけ」

親には逆らわないというのが鉄則だ。だが、この時ばかりは、反論しようと思った。

「お言葉ですが、ここは片山さんのお力をお借りすることも考えたほうがいいと思います」

「何だと……?」

阿岐本は目をむいた。「てめえ、俺に意見しようってのか?」

「ここにいるときは、あくまでも堅気の仕事だとおやっさん……、いや、社長はおっしゃいました。だとしたら、私たちだけで問題を解決しようとしないで、片山さんや他の社員たちの力も借りるべきじゃないでしょうか」

　阿岐本は、日村を睨みつけるようにして何事か考えていた。

「たしかにヤクザの俺たちにゃ、警察には勝ち目はねえ。だが、堅気と警察となれば少しは話が違ってくる……」

「藤木という刑事が、真吉にやったことは明らかにやりすぎです。それをなんとか証明できれば……」

「喧嘩のやりようもあるというわけか……」

　阿岐本は再び考え込んだ。

「短い付き合いですが、自分には片山さんという方がだんだんわかってきました。彼は、手を出すなと言われて、はいそうですかと引っ込むような人じゃないんです」

「これは阿岐本組としての喧嘩じゃなくて、梅之木書房としての問題解決だということだな」

「そう思います」

　阿岐本の決断は早かった。うなずくと、言った。

「わかった。何か手があるってんなら、耳を貸すぜ。さあ、やれることからやるんだ」

「はい」

　日村は、社長室を出て席に戻った。その日村を片山が待っていた。

「社長は何だって……？」

片山が尋ねる。日村はこたえた。

「最初は、阿岐本組の喧嘩だと言っていましたが、考え直してくれたようです。あくまで梅之木書房の問題として対処する方針です」

片山はうなずいた。

「わが社にも顧問弁護士がいないことはない。だが、ちょっと荷が重すぎるだろう。俺にちょっと心当たりがあるんだ。『週刊プラム』は、極道関係の記事が売り物の一つだってことはもうわかっていると思う。そっちの関係で、人権派の強力な弁護士を知っている。こういう場合は何と言ってもその筋の弁護士だ」

皮肉なものだ、と日村は思った。

荻原精密加工の例を見てもわかるが、ヤクザの前には必ず弁護士が立ちはだかる。正直に言うと弁護士が出てきたら、お手上げなのだ。

法の網をかいくぐる商売が多い。当然、こっちも勉強はするし、頭も使う。だが、専門の法律家にはとてもかなわないのだ。

交渉を禁じる仮処分の申請などされれば、こちらは手を出すことができなくなる。

日村たちは、その弁護士の力を借りようとしているのだ。

「今はどんな人の助けも借りたいです」

日村は言った。

「わかった」

片山はうなずいた。「とにかく当たってみる」

おろおろとした様子で金平が尋ねた。

「私はどうしましょう」

片山が言った。

「目撃者を探してください」

「目撃者ですか……?」

金平は眼をしばたたいた。

「そう。あの刑事の横暴を証明することができなければ、いくら優秀な弁護士でもどうすることもできない」

「目撃者なんているでしょうか……」

「とにかく探すんだよ。どこかに見ていたやつは必ずいるはずだ」

目撃者がいたとしても、警察を敵に回して、ヤクザのために証言してくれるだろうか。日村はその点が気になった。

だが、ここは口を挟む場面ではない。

二人に任せることにした。

「俺はさっそく弁護士と連絡を取ってみる」

片山は言った。

「それでは、私も失礼します」

金平はうろたえているように見える。

二人が席から離れると、日村はへたり込むように椅子に座った。何をすべきかわからない。完全に混乱していた。

しばらく惚けたようにぼんやりと机の上を眺めていたが、自分を奮い立たせるように頭を振った。

こんなことをしている場合ではない。俺がしっかりしなきゃ、どうしようもないじゃないか。

今頃、真吉は取り調べという口実で、ひどい目にあっているはずだ。民主警察などと言ってはいるが、それは善良な市民に対する顔だ。警察は別の顔を持っている。そして、日村は明らかにそちらの顔が本質だと思っている。

戦前、戦中と警察は人々を弾圧することに奔走していた。特高という名を聞いて震え上がらなかった者はいない。

今でも、その体質は受け継がれている。善良な一般市民にその顔を見せることは滅多にない。だが、相手が暴力団やヤクザとなると警察はいくらでも残忍になれるのだ。

日村は電話に手を伸ばした。全亜興業の佐古にかけた。

「先日はどうも……」

「おう、あの件はどうなった？」

「御社の社長の自叙伝の件ですか？」

「ああ」

「今、うちの週刊誌でインタビューの連載記事にできるのではないかと検討しています」

「インタビュー？」

「はい。連載のときに、謝礼をお支払いします。そして、単行本になった際にはまた新たにそれなりの金額をお支払いできると思うのですが……」

「なるほど、考えたな……。悪くない話だと思う」

日村は少しだけ気が楽になった。

「お電話したのは別件なんです」

「何だ？」

「この電話、だいじょうぶですよね？」

「他人に聞かれてないかということか？　だいじょうぶだ」

「実は、うちの若いモンが藤木に持ってかれまして……」

「おい、マジかよ？　何だってそんなことに……」

「しつこく挑発されたようです。いろいろあって……」

「おたく、そんな半端な教育してるのか？　あんたを見たところじゃそうは思えないんだがな……」

「電話じゃ詳しいことは……」

「それで……？」

「内密に会えませんか？　できればここの所轄署の管轄外がいいんですが……」

「わかった。赤坂に系列の組の息がかかったクラブがある。そこでどうだ？」

「もっと目立たないところがいいんですが……」

「えらく慎重なんだな」

「警察相手に喧嘩をするとなると、慎重にもなります」

「何だと……。冗談じゃねえぞ」

佐古の声がひっくり返った。無理もないと日村は思った。

「ええ」

日村は言った。「冗談じゃこんなことは言えません」

「無茶な話だ。巻き添えはごめんだぞ」

「だから、内密にお会いしたいと……」

佐古のうなり声が聞こえた。

「よほどの事情があるんだろうな？」

「はい」

「しょうがねえ。追って連絡する」

「ありがとうございます」

「親同士が兄弟となりゃあ、仕方がねえさ」

電話が切れた。

受話器を置くと、日村は次に何をすべきか考えた。だが、思いつかない。

電話が鳴った。佐古かもしれないと思い、急いで取った。

「相原です」

相手が名乗った。

「相原……？」

「相原雅司です。マサですよ」

「ああ、マサか……。どうした？」

「ちょっときな臭い情報を手に入れましてね……」

そういえば、『週刊プラム』で使えそうな耳よりの情報があれば買ってやると言ってやったのだった。

「マサ、済まないが、ちょっと取り込んでるんだ。ネタの売り込みならまたにしてほしいんだが……」

「いや、そんなんじゃないんです。ちょっとやばい話で……」

「何だ？」

マサの声が逼迫している。

「電話ではちょっと……。今、おたくの事務所の近くにいるんですが、会えませんか？」

「こっちへ来てくれれば、会えないことはないが……」

「できれば、ご足労願いたいんですが……」

裏稼業の人間が目上の者に対して足を運べと言ってくるのはよほどのことだ。できれば今は梅之木書房を離れたくはない。

だが、マサの話も気になる。

「わかった」

日村は決断した。「どこへ行けばいい？」

詳しい場所を聞いてメモを取った。地元のマンションの一室だ。土地勘はある。

電話を切ると、日村はそばにいた総務部の社員に言った。

「ちょっと出かけてきます。夕方までには戻る。何かあったら携帯に電話してください」

何だか、事務所で言っていることと同じだなと思いながら席を立とうとした。

「あのう……」

声をかけられた社員が言った。日村は振り向いた。

「何です？」

「携帯の電話番号、誰も知らないんですが……」

神保町の周辺というのは、いつも車が渋滞している。東京の中心なのだから仕方がないが、車で移動するたびに電車にすればよかったと思う。

だが、日村はなるべく電車を利用しないようにしていた。ヤクザが同じ車両に乗っていたりしたら、堅気の人々がいい気はしないだろう。

阿岐本もいつも言っている。

ヤクザ者が車を使うのは、公共の乗り物を堅気の衆と同じように利用したら、堅気の方々に申し訳ないからだ、と……。

どこまで本気か日村にはわからない。ただ楽をしたいための言い訳かもしれない。そういえば、暴力団員は新幹線でもグリーン車に乗る。これも一般人とあまり顔を合わせないための気遣いだという者もいる。

これについては、日村はどうかと思う。

とにかく、地元に着くまで一時間もかかってしまった。マサが指定したマンションは、おそろしく古いもので、もちろんオートロックなど付いていない。

管理人のための小部屋が玄関を入ってすぐにあるが、そこが長いこと無人なのは明らかだった。

玄関にステンレス製の郵便箱が並んでいるが、驚いたことにそれがかなり錆び付いていた。ステンレスも錆びるんだななどと思いながら、今にも故障するのではないかと不安になるほど旧式なエレベーターで最上階まで上がった。

部屋に着いてチャイムを鳴らすと、すぐにドアが開いた。マサが顔を出した。少しばかり紅潮しているように見える。

「日村さん」

マサは言った。「ご足労かけてすいません」

「何事だ？」

「まあ、入ってください」

部屋の中はがらんとしている。空き家であることは明らかだ。表面のニスがはげてしまっているフローリングの床に、家具が置いてあった跡が残っていた。

カーテンもついていない。

そのフローリングの床に若い男が転がっていた。

顔面は血まみれだ。床にも血が滴っている。頬はどす黒く腫れあがり、目蓋も腫れて左目がふさがりかけている。

その脇に、先日マサとともに梅之木書房にやってきた若い男が立っていた。そいつの拳も紫色に腫れあがっている。ヤキを入れるのは、やるほうもたいへんなのだ。

素人が見たら仰天するかもしれないが、日村は驚きもしなかった。

「何者だ？」

日村はマサに尋ねた。

「チンピラですよ。こいつがケツ持ちやってるクラブでクスリを売りやがって……」

マサは、連れの若い男を顎で示した。

「それで、こいつと俺はどういう関係があるんだ？」

「うちのモンの話によると、このやろう、最近やけに羽振りがいいらしいんですよ。金づるでも捕まえたのかと思って締め上げてみたら、とんでもねえことがわかったんです」

「マサ……。俺はいろいろと、取り込んでいてな、話は手短に頼む」

「荻原精密加工って知ってますね？」

意外な名前が出てきたものだ。

「知っている」

「闇金の丸橋も知ってますね」

「知っている」

「じゃあ、あの二人の間で何があったか、ご存知ですね」

「それも知っている。間に立ったのは俺だ」

「このガキは仲間といっしょに、丸橋に雇われたらしいんですよ」

「雇われた……？」

「丸橋のやつは、なめられたと思ったんでしょうね。荻原は弁護士を立てたんでしょう？　それで、工場を燃やしちまおうって……」

「ばかな……」

「なめられたら裏稼業はやってられないってのが、丸橋の言い分らしいですよ」

「損切りで手を打ったんだ」

日村が言うとマサはうなずいた。

「丸橋の欲の深さは底なしですよ。金に取り憑かれてますからね」

「間に立ったのは俺だ。火付けなんぞやったら、うちがやったと思われる」

荻原精密加工の社長と直接交渉したのは、日村だ。ヤクザなら火付けくらいやると考えるに違いない。

阿岐本組が素人に手を出すはずがない。シマ内の堅気の家から火事を出して、得することなど何一つないのだ。

だが、荻原社長にそんなことを言っても通じないだろう。一般人はヤクザといえば暴力を振るい、無茶をやるというイメージを持っている。

「だから……」

マサは言った。「一刻も早く、日村さんに知らせようと思って……」

「火付けはいつやるんだ？」

「それが、わからないと言ってるんです」

「わからない？　もっと締め上げてみたらどうだ？」

「すっかり怯えきってますよ。本物のヤクザのやり方を初めて知ったようです」

「雇われたやつが知らないというのはどういうことだ？」

「どうやら、決行の日時は追って連絡があるということのようです」

「なら、そいつの仲間を聞き出せばいい」

「連絡は一方通行らしいです。こいつは下っ端で、連絡は向こうからしか来ない。リーダー格の居場所もわからないと言ってます」

「リーダー格だと？　ヤクザ者じゃないんだな？」

「悪ガキの集団ですよ。誰もゲソは付けていません」

ゲソ付けというのは、暴力団の構成員になることだ。

「どこかケツ持ちの組はないのか？」

「どうやらそういうのもないらしいです」

「面倒だな……」

「丸橋をとっちめれば相手の連絡先はわかるかもしれません」

丸橋には腹を立てていた。火を付ければ、当然日村たちがやったと思われる。それを計算に入れてのことだろう。

そして、震え上がった荻原社長は警察に訴えるかもしれない。そうなれば、阿岐本組にも捜査の手が入る。

直接交渉に当たっていたのが日村なのだから、日村も無事では済まないだろう。いくら申し開きをしたところで、警察はありとあらゆる罪をくっつけて引っ張ろうとするだろう。ヤクザはすべて暴力団だと決めつけて、検挙しようと手ぐすねを引いているのだ。

会社が軌道に乗りかけたときに火事にあうというのは、荻原にとって致命的かもしれない。保険に入っているかもしれないが、保険ではまかなえないものを失う。信用だ。

銀行の取引も今以上にうまくいかなくなるだろう。そこに丸橋が再び出て行くという寸法だ。

何もかも計算ずくだ。その丸橋の狡猾(こうかつ)さが腹立たしかった。そして、日村の面子をつぶそうとしていることは許し難かった。

そんな丸橋だ。日村が乗り込んでいったところで、しらを切るに決まっている。丸橋は裏稼業に手を染めており、限りなく暴力団に近いが、堅気だ。

どんなやつであれ、日村が堅気に手を出すわけにはいかなかった。

まったく、悪賢い堅気はヤクザなどよりずっと始末におえない。日村はそう思った。

丸橋も闇金融という脛に傷を持つ身だ。まさか、警察沙汰にはしないだろうが、それなりの手は打ってあるに違いない。

あいつはあれで顔が広い。別の組が乗り出してきたりしたら面倒だ。こっちはただでさえ、警察を相手に事を構えようとしているのだ。

どうしたらいいものか。

日村は苦慮した。

「私らで丸橋を締め上げましょうか？」

マサが言った。日村は驚いた。

「なんでおまえらが……」

「恩がありますからね」

「恩？　恩があるのはこっちのほうだ。重要な情報を教えてもらった」

マサはかぶりを振った。

「自分はうれしかったんです」

「うれしかった……？」

「『週刊プラム』の件でイチャモンをつけに行ったじゃないですか。ああいうこと、自分だって嫌なんですよ。卑しいことしてる。相手が嫌がることをわざとやっている。汚いことをやっている。そういう自覚がありますからね」

マサが言っていることはわかる。

企業から小銭をかすめ取ろうという連中だって、おもしろ半分でやっているわけじゃない。シノギなのだ。

仕事なのだ。だから本気だ。

無理強いをしているという自覚がある。だからこそ、隙を見せずに攻めようという気構えができる。

だが、やっている本人だって気持ちのいいものではない。

「相手が悪かったな」

日村が言うと、マサは苦笑した。

「まったくそのとおりで……。まさか梅之木書房が日村さんたちの会社だったなんて……。でもね、ああいう場合、叩き出されるのがオチじゃないですか。悪くすれば、拉致されてヤキを入れられる。でも、日村さんは、俺たちに礼を言ってくれて、金をくれました。あれ、日村さんのポケットマネーでしょう？」

「はした金だ。子供の小遣いにもならん」

「額じゃねえんだ。わかってるでしょう。その上、情報をくれたら買ってやるとまで言ってくれた。俺たちの面子を立ててくれたんだ」

「そんなことをいちいち恩に感じてたら、渡世はやっていけない」

「こういうことを大切にしなけりゃ、俺たちは本当にただの暴力団だ。香港や台湾のマフィアと同じになっちまう」

「今は大差ない連中が多いがな」

「日村さんのためなら、一肌脱ぎますよ。丸橋を拉致って来て、締め上げるなんざ、朝飯前だ」

「そいつはやばい。あいつはなかなかずる賢い。どんな手を打ってくるかわからない」

「じゃあ、どうするんです？」

日村は、考えた。

事前に火付けの実行犯となる若者のグループを見つけて話をつけるというのは、なかなか手間がかかる。

健一に任せればなんとかしてくれるだろうが、これはもともと日村とテツの問題だった。健一だけに押しつけたくはない。

日村自身が片をつけたい。でなければ、今後、丸橋になめられたままだ。

「まどろっこしいのは性に合わない」

日村は言った。「ヤクザにはヤクザのやり方ってもんがある。現場を押さえてその場で叩

「簡単なことだ。火付けの場所はわかってるんだ。そこをパトロールすればいい。うちの若いモンで手分けする」

「たしかに手っ取り早いかもしれないけど、手がいりますね……」

「交代で張らせるよ。なんとかする」

「それ、自分らにも手伝わせてください」

「ありがたいが、筋じゃない」

「いえ、ここで引いたとなっては、相原雅司の名がすたります」

「それほど言うのなら、張り込みを手伝ってもらおうか」

すたるほどの名じゃないだろうと言いたかったが、やめておいた。

「何でもやります」

日村は、心底ありがたいと思った。まさか、マサが梅之木書房での一件をこれほど恩義に
感じてくれているとは思ってもいなかった。情けは人のためならず、だ。

日村は倒れている若者を見た。

「あれ、どうする気だ？」

「さあね……。どっかに埋めちまってもいいんですがね……」

マサがそう言うのを聞いて、若者は倒れたまま震え上がった。

「どうせ、ゲソ付ける根性もないんだろうな」

「ヤクザもんの修業なんて耐えられないでしょうね」

「おまえ、面倒見てやれ」

「自分がですか？」

「乗りかかった舟って言うだろう。こいつ、そのグループと付き合ってたってろくなことはない」

「昔はグレるのにもそれなりの理由ってやつがあったんですが、今じゃ何不自由のない生活をしているくせに、悪さをしやがる……」

「そういうやつの面倒をみるのもヤクザの役目だよ」

「わかりました。日村さんがそうおっしゃるなら……」

「追って連絡する」

「はい」

「マサ」

日村は部屋の出口で言った。「おかげで助かった。恩に着る」

マサが泣きそうな笑顔を浮かべるのをちらりと眺めながら部屋を出た。

## 13

事務所に戻ると、ほっとした気分になる。だが、ほっとしている場合ではない。

事務所には、テツ、稔、健一の三人が詰めていた。真吉は藤木に引っ張られた。これで全員なのだ。

「真吉がパクられた」

日村がそう言うと、三人は三様に驚きを表現した。

テツは、口をぽかんと開けて度の強い眼鏡の奥から日村を見つめた。

稔は、鋭い視線を向けてきた。

健一は眉をひそめた。

「どういうことです？」

健一が三人を代表して質問した。

日村は、経緯を話した。三人は身動きもせずに話を聞いていた。

聞き終わると、健一が言った。

「自分はまた、地元の組とシマの件で揉めたのかと思っていました」

「俺はそんな話をおまえにしたっけな？」

「話を聞かなくたって、やばいことはわかります」

「その件については、片がついた。まったく心配することはなかった。向こうの組長とうちのオヤジが兄弟だったんだ」

健一はぽかんとした顔になった。誰だって意外に思う。

「そんなことより、真吉をなんとかしなけりゃならない。それから、もう一つ問題がある」

「何です？」

日村は、丸橋が悪ガキを雇って荻原精密加工に火を付けようとしているらしいことを話した。

一番反応したのは、やはりテツだった。眼鏡の奥の目を丸くして言った。

「そんな……。だって、話はもうついたんでしょう？」

「丸橋としてはおもしろくなかったんだろうな。業績が好転して工場が回りはじめたにもかかわらず、貸した元金と正規の利息しか入ってこなかった。さらに、俺に五十万払わなきゃならなかった」

「業績を立て直してやったのは自分らじゃないですか。なのに、自分らは悪者扱いされたんですよ」

テツの悔しい気持ちはよくわかる。日村だって同じ気持ちだ。

「俺だって丸橋には顔をつぶされたと思ってるし、荻原の社長には恩を仇で返されたと感じている。だがな、テツ、俺たちの世界ってのはそんなもんなんだ。相手は堅気だ。どうしようもないんだ」

理不尽なことも呑み込め。そう言うしかないのだ。

テツは、うつむいた。

「前にも言いましたけど、荻原精密加工の好景気は、一時的なものですよ。おそらく今頃は受注ががた減りで慌てているはずです。そんなところに、火を付けられたら……」

「わかってる。だから、なんとかしなけりゃならないんだ」

「放っておいたらどうです」

健一が言った。「こっちは、荻原に煮え湯を飲まされているんだから……」

「丸橋のやることを黙って見過ごせってのか。俺の面子は丸つぶれなんだよ」

「だから、丸橋にはちゃんと落とし前を付けさせればいいじゃないですか」

「落とし前は付けさせるよ。だが、それは後の話だ。いいか？　荻原の社長と直接交渉をしたのは俺たちだ。火付けなんぞされたら、俺たちがやったと思われる」

健一は考え込んだ。

にっちもさっちもいかないのだということがようやく健一にも理解できたようだ。

警察に通報するというのは、論外だ。ヤクザが警察に通報したなどということが、同じ稼業の連中に知れ渡ったら、この世界では生きていけなくなる。

つまり、自分たちで解決しなければならないということだ。

「いいか。重要なことだから、しっかり聞け」

日村はそう前置きしてから話しはじめた。「真吉のことは、梅之木書房のほうでも手を尽くしてくれている。なにせ、相手は警察だ。ヤクザじゃ対抗できない。だからこそ堅気の協力が必要だ。梅之木書房では、人権派の弁護士に相談してみると言っていた」

「人権派の弁護士……？」

健一が怪訝そうな顔をした。

日村はうなずいた。

「俺たちみたいなモンにも人権があるという考え方で、弁護をしてくれる」

「なるほど……。弁護士ってのは敵かと思っていましたよ」

「荻原精密加工のほうだが、マサが手伝ってくれるって言ってる」

「マサが……」

健一が不審そうな顔をする。「どうして、あいつが……。全然筋違いでしょう」

「ちょっといろいろとあってな……。マサのやつは俺に恩義を感じているようだ」

「使えるんですか？」

「火付けの件を嗅ぎつけて、知らせてくれたのはマサだ」

「へえ……」

健一は意外そうな顔をしている。彼のマサの評価はあまり高くはない。日村も同じだった。チンピラに毛が生えたようなやつと思っていたが、先ほどはいっぱしの渡世人の口をきいていた。

「とにかく、手が足りない。マサが手伝ってくれるというのは助かる」

「それで……」

健一が言った。「自分らはどうすればいいんです？」

「ややこしいことは抜きだ。火付けの現場を捕まえる。そして、そいつらと丸橋のご対面というわけだ。丸橋に言い逃れはできないだろう」

「丸橋の落とし前はどういう形で？」

「堅気から指取るわけにもいかん。エンコもらったって、一銭にもならない。金だよ。丸橋にとって一番こたえるのは、金を取られることだろうからな」

「わかりました」

健一が言った。「自分ら、今夜から荻原精密加工を張り込めばいいんですね」

さすがに健一は話が早い。

「頼む。俺はたぶん、梅之木書房のほうに詰めることになると思う」

「今夜からさっそく始めましょう」

「事務所を空にするわけにもいかん。なかなかきつい仕事になるが……」

健一が言った。

「きついの、つらいの言ってたら、ヤクザはつとまらない。そう教えてくれたのは代貸ですよ」

本当にわかってんのか、こいつ。そう思いながらも、うかつにも涙ぐみそうになった。

梅之木書房に戻ろうと、事務所を出て車のところに来ると、背後からクラクションを鳴らされた。

白いクライスラーが、十メートルほど離れた場所に駐車していた。様々な種類のアンテナがついている。車窓には黒いフィルムが張ってあり、一目見て堅気が乗る車ではないとわかる。

日村は警戒しながらクライスラーに近づいた。後部座席の窓が開き、佐古が顔を出した。

「おう、乗ってくれ」

「驚きましたよ……。ここまでいらしてたのなら、事務所に寄ってくだされば……」

「内密に、だろ？　俺たちが会っているところは誰にも見られたくないということだ。あんたの身内にもな」

「さすがですね……」

「早く乗ってくれ。どこに誰の眼があるかわからん」

クライスラーの後部座席は、おそろしく乗り心地がよかった。柔らかいソファに座ったような気分だ。

となりの佐古との間に柔らかい肘掛けがあった。

車内はクリーム色に統一されている。

「やばいことになったもんだ」

佐古は言った。「若い衆がパクられたら、出てくるまで家族の面倒をみる。まあ、常識じゃあできることといえばそれくらいだよなあ……。あんた、その若い衆を助けだそうってのか？」

「そうです」

「罪状は？」

「傷害と公務執行妨害。藤木をぼこぼこに殴りました」

佐古が目を丸くした。

「ばかな……。なんでまたそんなことを……」

日村は、万年筆の一件を話した。

話を聞き終わると、佐古は低くうなった。

「藤木の野郎、逆鱗(げきりん)に触れたというわけか」

「私は真吉の気持ちが痛いほどよくわかりましてね……」

佐古は、居心地悪そうに身じろぎをした。

「俺だって、その気持ちはわからないじゃねえ。だが、警察(ヒネ)をぶん殴っちまうってのは、やっぱりどうかしてる。藤木だってちょっとやそっとじゃおさまらねえぞ」

「ばかは承知の上です。オヤジが喧嘩すると決めたのですから、どんな結果になっても自分は文句は言いません」

佐古は溜め息をついた。

「今時、珍しい侠客だな……。そういうやつをとんと見かけなくなった。みんな、金に目の色を変えている。暴力団員は、金のためなら親も殺すなどと、世間では言われているらしいぞ。極道も地に落ちたもんだ」

「自分ら、他人のことは知りません。オヤジは阿岐本組はオヤジの代で終わりかもしれないと言っています。小さな組が生き残れる時代じゃありません」

「うちも板東連合の傘下に入っちまった。でなければ所帯を維持することができなかっただろう。だが、その結果は、上納金のためにせっせと働くはめになったわけだ。ノルマを課せられてな……」

「世間が普通のシノギを許してくれないのだから仕方がありません」

「こんな話をしている場合じゃなかった。俺に何の話があるんだ？」

「藤木の情報が知りたいのです。どんなことでもいい」

「なんだ？　弱みを握って強請ろうってのか？」

「強請が通用する相手じゃないでしょう。海千山千なんでしょう？」

「だが、誰にでも弱みはある。藤木のことなら、住んでいる場所から家族構成、これまでの職歴まで知ってるよ」

「教えてください」

藤木の住所は、練馬区だった。マンモス団地の中に住んでいる。家族は、妻と二人の子供。

長男は十八歳、その妹が十五歳だ。佐古の話によると、二人の子供の素行はあまりよくないらしい。

厳しい父親への反発だろうか。二人とも池袋あたりで頻繁に夜遊びをしているという。

藤木の警察官人生は練馬の交番勤務から始まった。当時は警察の寮に住んでいたはずだ。結婚してから思い出深い練馬にマンションを買ったということだろうか。

その後、新宿の生活安全課を経て、現在の署で刑事となった。それ以来、ずっとマル暴だという。

マル暴刑事に賄賂は付きものだが、実際、全亜興業でもクラブなどで接待したことはあるということだ。

「島本のほうはどうですか？」

「あいつは、藤木の腰巾着だ。度胸もねえし、頭のほうもたいしたことはない。だが、柔道で有名な大学で柔道部だった。そこの柔道部の卒業生で、頭のいいやつはヤクザになり、そうでもないやつは警察官になるという話だ」

島本はまだ独身で、警察の寮に住んでいるという。

こちらも、全亜興業で風俗店などで接待をしたことがあるという。

「梅之木書房をしつこくマークしていたのは、もしかしたら、接待を要求していたのでしょうか？」

「わからねえな。藤木のことだから、その線もあるが、なにせ、警察もノルマがあるから、なんとか検挙しようとしていたのかもしれねえ」

「参考になりました」

日村は頭を下げた。「いろいろとご迷惑をおかけしまして……」

「済まねえが、俺にできるのはここまでだ」

「いえ、充分すぎるほどです。ありがとうございました」

佐古はちょっと迷ったようなそぶりを見せた。それから言った。

「藤木のやつを脅かすのは感心しないが、一つだけ付け入る隙があるとすれば、息子だ。さっきは控えめな言い方をしたが、けっこうなワルらしい。池袋あたりで何人かとつるんでるって噂だ」

「わかりました。覚えておきます」

日村はそう言ったが、それを利用する気はなかった。息子の悪事をネタに取引を持ちかけたとしても、藤木が応じるとは思えなかった。

かえって、藤木を刺激するだけかもしれない。

だが、どんな情報であれ、情報というのは多いほどいい。

日村はもう一度礼を言って、クライスラーを降りた。

梅之木書房に戻ったのは夕刻だった。

席に着くと、メモが張ってあるのに気づいた。片山からの伝言だ。戻り次第連絡をくれという。

内線電話をかけた。

「連絡が取れた」

片山は言った。

「例の弁護士ですか？」

「そうだ。すぐにでも会ってくれるという」

日村はくたくただった。

昼飯も食べていないことに気づいた。だが、弱音を吐いている場合ではない。

「わかりました。会いに行きましょう」

「一つだけ問題がある」

「何です？」

「相手は、いろいろと危ない橋をわたっている弁護士だ。正義感だけじゃやっていけない」

「なるほど、金ですか？」

「そうだ。かなりふっかけてくるかもしれない」

「仕方がありません。喧嘩には金がかかるものです」

言いながら、どうやって金を工面したものかと考えていた。親に迷惑をかけるわけにはいかない。日村が都合をつけなければならない。

金を短期間にどれだけかき集められるかも、ヤクザの器量だ。

「じゃあ、今からアポを取る。場所と時間が決まったら教える」

「お願いします」

電話が切れた。受話器を置くと、さすがにぐったりした。背もたれに体を預けると、二度と立ち上がれないような気がした。

## 14

白髪で背が低い。大きな目が威圧的だ。年齢は六十歳前後だろうか。くたびれた背広を着ている。襟の弁護士のバッジがやけに大きく感じられる。

その弁護士の名は、砂山勇太郎といった。日村も何度か名前だけは聞いたことがある。

「概略は、すでにうかがいました」

砂山は言った。「詳しく経緯を話していただきましょう」

「あの……」

日村は言った。「その前に、報酬のお話とかは……」

「仕事を受けるかどうかは、話を聞いてから決めます。それに、事情がわからなければ、どれくらいの仕事か決めかねますのでな……」

日村は不安になった。

「わかりました」

日村は、話しはじめた。

「ちょっと待った」

砂山は言った。

「は……？」

「時系列で話してください。正確にね」

「時間までは詳しく覚えておりませんが」

「出来事が前後しなければいい」

日村は、記憶をたどりできるだけ正確に状況を説明した。時々、片山の助けを借りなければならなかった。

出来事を起きた順に正確に話すというのは意外と難しいものだ。

日村が話し終わっても砂山は何も言わなかった。日村と片山はそっと顔を見合った。

砂山は、指でとんとんと机の上を叩いている。

仕事を受けてくれないかもしれない。日村はそう思った。いくら有能な弁護士でも、警察官に暴行を働いたヤクザを救うことなどできないかもしれない。

「五十万、用意できますか？」

砂山は言った。

「はい」

そのくらいなら、すぐに用意できる。丸橋から入る予定の金をそのまま回してもいい。

「いいでしょう。引き受けましょう。ただし、警官を殴ったとなれば、無罪放免というわけにはいきません。どのくらい罪を軽くするかという戦いになりますが……」

「私どももそう覚悟しております」

日村が言った。すると、片山が低い声で言った。

「いや、それじゃだめなんだ」

砂山は、片山を凝視した。

「どういうことですかな？」

「あの捜査は明らかに違法だった。だから、逮捕そのものも無効だ。即釈放にしてもらわなければだめだ」

砂山は、溜め息をついた。

「お話によると、志村真吉さんは藤木という刑事を二発殴り、一度蹴っている。蹴ったときに、藤木氏は唇を切って出血をしている。そして、さらに志村真吉さんは島本という刑事をも殴り、そして男の急所を蹴り上げている」

かぶりを振った。「立派な傷害罪ですね。弁解の余地はない」

「真吉はしつこく挑発されたんです」

片山は言った。「それでもあいつは我慢していた」

「しかし、結果的には暴力を振るった。しかも警察官に対して……。お咎めなしにするのは、まず不可能ですな」

砂山弁護士の言っていることは正しい。藤木は公務中に真吉に殴られ、蹴られて怪我をした。いくら優秀な弁護士でも、その罪をなかったことにするのは不可能だろう。

日村は、それが常識というものだと思っていた。だが、片山は納得しなかった。

「藤木という刑事には明らかな悪意があった。法が向こうの味方についているというのなら、こっちは良識を味方につける」

「ほう、良識……」

砂山弁護士は鋭い眼差しを片山に向けた。「どうやって？」

「私は『週刊プラム』という雑誌の編集長だ。警察の不当な圧力に対して雑誌でキャンペーンを張る」

「お上に逆らってろくなことはありませんよ」

「警察のやり方に異を唱えている週刊誌はいくらでもある」

「それで、志村真吉さんが不起訴になると思いますか？」

「やってみなければわからない。民心を味方に付ける。そうなれば、警視庁の警務部だって黙ってはいられないだろう」

「警務部に過剰な期待をするのはやめることだ。警察ってのはね、基本的に身内をかばうんですよ」

「だから、かばえないようにしてやると言ってるんだ。週刊誌の影響力はあなどれないよ」

厳しい顔でじっと片山を見つめていた砂山は、突然にっと笑った。顔がくしゃくしゃになる。

「こちらの方は、なかなか腹が据わってらっしゃる。それに引き替え、あなたは闘争心が感じられない」

砂山弁護士は、日村を見て言った。「あんた、ヤクザでしょう。昨今のヤクザは覇気がなくなったもんだ……」

日村は、思わず目を伏せていた。

苦労性が裏目に出た。砂山弁護士はこちらのやる気を試していたのかもしれない。

「捕まったのは、あんたの身内でしょう」

「はい……」

「どんな手を使ってでも助けてやろうという気概はないのですか?」

「あります」

日村は言った。

「こうした勝負はきれい事では済みません」

砂山は、凄みのある笑みを洩らした。「その点、ヤクザのやり方に似ているかもしれない」

日村は頭を垂れたまま何も言わずにいた。

「いいでしょう。引き受けましょう。五十万は成功報酬としていただきましょう。今日は相談料の五千円だけでけっこうです」

日村はほっとした。

だが、問題はその先だ。どうやって真吉を助けるのだろう。

砂山弁護士は言った。

「私は明日、志村真吉さんに面会に行ってきましょう。あなたたちは、藤木という刑事に不利な材料を片っ端から集めてください。どんな小さなことでもけっこう」

片山が言った。

「今、うちの社で目撃者を探しています」

「いいでしょう。面会の後、私も手伝いましょう。壊れた万年筆というのは？」

「これです」

片山がポケットから取り出した。すると、砂山弁護士は顔をしかめた。

「そんな保存の仕方だと、指紋は絶望的ですね」

「指紋……？」

「藤木という刑事が手に取ったのでしょう？　だったら、彼の指紋が残っているはずだ」

「指紋を取るのは警察の仕事だと思っていたんで……」

「やろうと思えば、鉛筆の芯を削った粉とセロテープで指紋は取れるんです。どれ、それは私が預かりましょう」

砂山弁護士はハンカチを取り出し、慎重に二つに折れた万年筆を受け取った。

「現場にインクの染みができてますね？」

日村はうなずいた。

「その写真を取っておいてください」

「わかりました」

片山が言った。「うちのカメラマンにやらせます」

「藤木という刑事について、他に何か知っていることは……？」

日村は佐古から聞いたことを話した。

砂山は満足げにうなずいた。

「さすがに、ヤクザだ。そういう情報を手に入れるのは早い」

本気でほめているのか皮肉なのかわからない。日村は黙っていた。

砂山は言った。

「さあ、藤木の弱みを見つけて、徹底的に追いつめるんです。あなたの得意分野でしょう」

たしかに砂山の言うとおりだった。相手が誰であれ、弱みにつけこむのはヤクザの常套手段だ。

日村は頭を下げた。

「よろしくお願いします」

砂山は、片山に言った。

「本当に、雑誌でキャンペーンをやる気はありますか？」

「もちろん」

「では、まず名前を伏せて何が起きたかを詳しく報道してください」

「わかりました。今度の号に無理やりねじ込みます」

「警察の圧力は、ますます厳しくなりますよ。覚悟してください」

片山は念を押すように尋ねた。

「勝てるんですね?」

砂山はあっけらかんと言った。

「やってみなければわかりません。しかし、やらなければ何も変わらない」


金平は、目撃者を求めるビラを作り、路上で配っていた。文面を見ると情報提供者には金一封か、好きな雑誌の年間購読をプレゼントするとある。

これまた太っ腹だと思ったが、金一封の金額は記されていないし、雑誌も執筆者やマスコミ用に無料で配布する分は読み込み済みなのだそうだ。

片山は、言葉どおり次の号に名前や地名を伏せたままで、真吉の一件を報じた。警察の横暴という趣旨の記事で、真吉がヤクザであることも隠してはいなかった。

その記事が出た翌日から総務部や『週刊プラム』に電話が入りはじめた。有力な情報はまだない。

中には、完全に勘違いをして見当はずれの場所での出来事を延々と説明する者もいた。ともあれ、反響は決して小さくはない。

依頼から三日目の午後、砂山が梅之木書房の日村のもとにやってきた。

「あの藤木という人は、なかなかやりますね」

「真吉はそうとうに痛めつけられていましたか?」

「目立つ傷は決して残さないようにね。だから、顔面は攻めない。その代わり、腹や腎臓、脛なんかを衣類の上からしたたかに打ったようです。血尿が出たと言っていました」

ヤクザは血尿などで驚いたりはしない。

「そういう事実は、少しは役に立つのですか？」

「難しいですね。警察の内部で起きたことは、警察の外にはなかなか出にくい。しかし、まあ、なんとかがんばってみますよ」

「まだ起訴はされていないのですね？」

「藤木の目的は起訴じゃない。志村さんを痛めつけて、こちらの弱みを吐き出させることです。藤木は梅之木書房そのものを狙っているんです」

「近所に全亜興業という会社があります」

「全亜興業？」

「うちのオヤジの兄弟がやっている会社です。国江田といいます」

「ああ、国江田組ね。知ってます。それが何か……」

「藤木を何度か接待したことがあるということです」

「厳密にいえば、贈収賄ということになる」

砂山は言った。「話を聞きに行ってみますか……」

「なるべく全亜興業には迷惑をかけたくないんですが……」

「言ったはずです。使える手は何でも使う」

納得するしかない。

金平は、集まってくる情報に応対している。片山は、週刊誌の仕事が多忙だ。その合間に金平を手伝っている。

日村は金平を手伝い、有力な目撃情報を探した。だが、なかなかそう本命の情報には出会えるものではない。

夜の九時を回って、日村は金平を帰宅させることにした。

『週刊プラム』ではまだ編集部員が残って仕事をしていた。もちろん片山も残っている。

「そっちはどうだった？」

片山が尋ねてきた。

「弁護士が全亜興業に話を聞きに行くと言っていました。本当は全亜には迷惑をかけたくないんですが……」

「組長同士が兄弟なんだろう？」

「だからこそ迷惑をかけたくないんです。こちらはその後、どうです？」

「反響は大きい。きっと藤木も記事のことは知っているはずだ」

「次はどんな手を……？」

「キャンペーンを続けるさ。次の号でさらに詳しい記事を載せる」

「私に何かできることは……？」

「ある」

「何でしょう？」

「帰って休むことだ」

「でも、あなたがまだ頑張ってるんだ……」

「週刊誌の編集長の仕事だ。役員が付き合うことはない」

「しかし……」

「あんたが大将なんだ。大将がぶっ倒れでもしたら戦にならない。休息を取って明日また陣頭指揮を執ってもらわなけりゃな」

片山の言葉に従うことにした。

九時半に梅之木書房を出た。車に乗り一人になると、どっと疲れが押し寄せてきた。しばらく運転席に座ったままじっとしていた。

俺は何をやっているんだろう。

阿岐本組の代貸が、出版社の仕事に振り回され、その挙げ句に真吉を警察に引っ張られてしまった。

大きく溜め息をついた。事務所が気になる。だが、今日はこのまま帰りたかった。片山の言うとおりだ。休息が必要だ。

事務所からは何の連絡もない。何も起きていないと考えていい。今日はこのまま帰って寝よう。

日村は大きく深呼吸すると、車を出した。

# 15

何かが鳴っている。

重苦しい眠りからもがくように覚醒した。

鳴っているのは携帯電話だった。健一からだった。

「どうした？」

「動きがありました。荻原精密加工のまわりをそれらしいやつらがうろついています」

「何人だ？」

「確認したところで三人。他に見張りや運転役もいるかもしれません」

「こっちは何人だ？」

「テツと俺だけです。マサさんところの人がいたんですが、一時間ほど前に帰ってもらいました」

テツは、腕っぷしはあてにはならない。

「稔はどうした？」

「あいつ、オヤジの運転で明日の朝も早いので、帰しました」

「呼び出せ。俺もすぐに行く」

「はい」

稔にはかわいそうだが、そんなことは言っていられない。喧嘩となれば稔が一番頼りになる。

日村はベッドから起き上がるとすぐに身支度を整えた。いつもの白いシャツに黒いスーツ。ノーネクタイだ。

時計を見るともうじき二時だった。洗面所へ行って冷たい水で顔を洗う。少しだけ頭がすっきりした。

緊張感が泥のようにへばりつく疲れを忘れさせてくれていた。

車は、路地に入る手前で停めた。角にテツの姿があった。日村は、周囲を見回してからテツに近づいた。

「どうなってる？」

「三人が工場の周囲を見回っています。火を付ける場所を物色しているんだと思います」

「稔はどうした？」

「工場のそばにいます」

「どっちだ？」

「向かって左側。健一さんが右側にいます」

「わかった。おまえはここにいろ。工場から逃走するには、ここを通るしかない。俺たちが取り押さえられなかったやつを捕まえるんだ。一人も逃がすな」

「わかりました」

日村は、慎重に暗闇の中を進んだ。街灯が路地に仄暗い光を投げかけている。その奥には明かりが消えた工場。小さな町工場だ。火をかけられたらひとたまりもない。

さらに隣接している民家にも延焼が及ぶだろう。

シマの中で火付けなど絶対に許さない。

ゴミ箱や電信柱の物陰を利用して、日村は慎重に進んだ。様子を見ると、たしかに工場のそばの光の届かない場所で、動く人影がある。

かすかに有機臭が漂ってくる。ガソリンか白灯油だ。ガソリンは気化が早いので、マッチ一本放るだけでたちまち燃え広がる。

少し離れたところで様子をうかがっている健一が見えた。日村は、足音を殺して健一のところまで進んだ。

「やつらガソリンか何かを撒いてるな」

そっと声をかけると健一は、はっと振り向いた。

「アニキですか……。びっくりした」

「火を付けられたらたちまち燃え広がるな……」

「今のうちに取り押さえますか？」

「いや、現場を押さえなきゃ意味がない」

「ガソリンを撒いただけでも充分でしょう」

「俺たちは警察じゃないんだ。証拠がどうの言っても始まらない」

「火が燃え広がったらどうします？」

「消すんだよ」

「犯人を取り押さえながらですか？」

「そうだ」

「無理ですよ……」

「ばかやろう。それをやるのがヤクザなんだ」

無理だと思ったら、警察と消防に任せるしかない。だが、それはヤクザの面子が許さない。放火犯を警察に渡す気もない。シマの中でなめたまねをしたらどういうことになるか、きっちりと教えてやらなければならない。

「稔にタイミングを知らせろ。火が見えた瞬間に突っ込め」

「はい」

健一は携帯を取り出して、連絡をした。

その瞬間に、ぼっと工場の一角が明るくなった。

「今だ」

日村は囁（ささや）いて、健一の肩を叩いた。健一は飛び出した。

警察のように、警告をしてから制圧などということはしない。いきなりタックルだ。

稔もまったく同様に別の相手に組み付いた。一人が突然のことに驚き、立ち尽くしている。

日村はその男に突進した。

相手は逃げ出した。

その腰にしがみついて引き倒す。勢い余って日村もアスファルトの地面に転がった。

肩と腰を地面にぶつけて思わず声を上げそうになった。相手は、必死に抵抗している。だが、離すわけにはいかない。

しっかり腕を回して相手を下にしようとした。スーツのどこかが裂ける音がした。

相手の肘が頬に当たった。目の前がまばゆく光り、後頭部まで衝撃が走った。くらっときて手を離しそうになった。

だが、離さない。相手の抵抗はますます激しくなる。足をばたつかせ、肘を振り回す。

揺さぶられて、膝や肘をアスファルトの地面に打ちつけてしまう。そのたびにひどい痛みが走る。

日村は後ろから相手に抱きつく恰好になっている。相手の足を自分の両脚ではさみつけるようにして、力ずくで上になった。

「このやろう……」

日村はうなり、拳を振り下ろした。顔面、腹、脇腹、胸……。当たるところはどこでも殴りつける。

相手も下から反撃してくる。パンチが鼻に当たった。ずんと衝撃が走り、鼻の奥がきな臭くなる。

やがて、鼻水が垂れるような感触があり、下になっているやつの服にぽたぽたと黒い染みができた。鼻血が出たのだ。

だが、かまわず相手を殴りつける。一発殴られたら十発殴り返すのがヤクザの喧嘩だ。

相手の鼻だけを狙って両方の拳を振り下ろし続けた。大半はブロックされてしまうが、何発かが当たった。

ぐしゃりと鼻梁（びりょう）が折れる感触があった。それでも殴り続ける。骨が折れたところを殴られるほど痛いものはない。

相手は、顔面を押さえて丸くなろうとした。胎児の形だ。それでも日村は許さなかった。抵抗する気がなくなるまで痛めつける。それが喧嘩の鉄則だ。

やがて、相手はひいひいと泣き声を上げはじめた。日村はようやく殴るのをやめた。

両手の拳が痛んだ。暗くてわからないが、おそらく紫色に腫れあがっているだろう。拳の皮が剝けて血が滲んでいるのがわかる。

相手を警戒しながら立ち上がった。男は地面の上に丸くなったまま、すすり泣いている。

ツッパってんなら、もう少しましな喧嘩をしろ。

日村は心の中で吐き捨てた。

見ると、健一も稔も危なげなく相手をやっつけている。稔は普段おとなしくなった分だけ、効果的な喧嘩をするようになった。

つまり、相手が嫌がることだけを徹底的にやってやるのだ。

K1やプライドなどの格闘技が実際の喧嘩に役に立たないなどというばかがいる。そんなことはない。肝腎なのは使い方なのだ。

どのくらい冷静に相手の弱点だけをつけるか。関節を折ったり、眼を突いたり、金的を蹴り上げたりすることを、ヤクザは一瞬も躊躇(ちゅうちょ)しない。

そういう喧嘩をやる限り、どんな格闘技だって役に立つ。

「アニキ、火を……」

健一の声が聞こえた。

見ると、工場の壁をめらめらと炎の舌がなめている。

「消火器か水を探せ」

日村は健一に怒鳴った。それから、大声でテツを呼んだ。駆けつけたテツに言った。

「工場の向こうに社長の家がある。社長とその家族を叩き起こせ」

「はい」

それから日村は稔といっしょに、ぼろぼろになった三人の放火犯をひとかたまりにさせた。

三人ともしたたかに痛めつけられており、逃げ出す気力もないようだ。すっかり怯えきっている。

鼻息の荒いツッパリは、徹底的に痛めつけないといけない。中途半端は逆効果で、逆襲にあうことになる。

「俺たちが誰かわかるか？」

日村は尋ねた。

誰もこたえない。三人ともまだ十代のようだ。

「このあたりを仕切ってる阿岐本組ってんだ。うちのシマで悪さをするってことは、俺たちに喧嘩を売るってことだ。覚えておくんだな」

まだ誰も口をきける状態ではない。

「健一、ちょっと来い」

日村は大声で呼んだ。健一はすぐに駆けてきた。

「こいつらを見張ってろ。逃げようとしたら、かまわねえから殺せ」

三人がまた震え上がるのがわかった。

脅しだと半分わかっていてもなかなか逃げられるものではない。ましてや、抵抗しようなどというのはもってのほかだ。

日村は工場に眼を転じた。火は大きくなりつつある。

工場の向こう側から、ばらばらと人が駆けてきた。先頭に立っているのは、荻原社長のようだ。

後ろから家族らしい人が出てくる。中年の女性は荻原社長の奥さんだろう。テツもいっしょだった。

荻原社長は、日村を見ると、つかみかかってきた。

「あんた、なんてことを……」

日村は荻原社長を突き飛ばした。尻餅をついた荻原社長は、怒りに燃えた眼で日村を睨みつけている。

「俺たちじゃない。火を付けたのは、あそこにいる三人だ。俺たちはあいつらを捕まえに来た」

荻原社長は、三人のほうを見た。日村の言葉を信じていいかどうか迷っている。

日村は言った。

「今はそんなことを言っているときじゃない。早く、火を消すんだ。消火器はどこにある？」

「工場の中だ」

「あんたは、一一九番に連絡してくれ」

日村は、工場のほうに向かった。

テツが、上着を脱いで火に叩きつけている。だが、火の勢いが勝り何の効果もない。

さらに火の勢いが増し、入り口のほうまで回ってきた。

「しまった……」

日村はテツに言った。「消火器は工場の中だ。入り口に火が回ると取り出せなくなる」

火の回りは予想よりずっと早い。しかも入り口は木枠に硝子をはめ込んだものだ。その木枠に火が燃え移っている。

近所の人が出てきた。

「火事だ」

「燃えてるぞ」

そんな声がほうぼうから聞こえてきた。

「おい、水だ。水か消火器を持ってこい」

日村は怒鳴った。

すぐ近くで、荻原社長の声がした。

「中には溶剤がたくさんある。あれに引火したら、工場が吹っ飛んじまう」

それを聞いてさすがの日村もぞっとした。

「溶剤ってのは工場のどこにある」

「入り口を入って右側だ。今燃えている壁のすぐそばだ。缶で積み上げてある」

「それを守れば、爆発は避けられるんだな？」

「もう無理だ」

荻原社長はおろおろとした声で言った。「これだけ火が回っちゃ……。みんな逃げたほうがいい」

「工場を放り出すというのか？」

「仕方がないだろう。消防車が来るまでもたない」

日村は歯ぎしりした。

それから、近所の人々に向かって言った。

「みんな避難しろ。ここから離れるんだ。工場が爆発するぞ」

一瞬、あっけにとられた様子で人々が日村のことを見た。

「他人の工場のことより、自分の家族のことを考えろ。爆発するんだぞ。早く逃げろ」

集まっていた人々がばらばらとそれぞれの方向に駆けていった。

遠くからサイレンの音が聞こえる。

入り口はすでに火に包まれている。脇の壁の火もすでに屋根に届きそうだ。

日村はすっかり度を失っている荻原社長の胸ぐらをつかまえて尋ねた。

「中の溶剤を守ればいいんだな?」

「ああ……。しかし、もう無理だ……。逃げなきゃ……」

「くそっ」

日村は、近所の人が置き去りにした水の入ったバケツに近づいた。それを手に取ると、頭からかぶった。

テツが驚いた顔で言った。

「何するんです?」

「工場を守らなきゃならないんだ」

「もうすぐ消防車が来ます」

「それまでもたないかもしれねえんだよ。俺たちがやらなきゃならねえんだ」

「でも……」

「あそこにあるバケツも持ってこい」

日村はテツに命じて別のバケツを持ってこさせた。その水も頭からかぶる。

そして、入り口を見つめた。

大きく深呼吸してから燃えさかる戸口に突進した。

背後で荻原社長とテツが何か叫んだ。だが、もう日村の耳には届かない。

想像したよりずっとひどい熱さだった。入り口の戸は体当たりの一撃で吹っ飛んだが、その際に、一瞬だが、炎に身を焼かれるという経験をした。

水をかぶっていかなかったら、ひどい火傷をしていたかもしれない。勢いあまって工場の床に転がった。

入り口の戸のガラスの破片が体のあちこちを切り裂いた。

そんなことにかまっている場合ではなかった。しゃにむに起き上がると荻原社長が言っていた溶剤の缶を探した。

壁をなめる炎の明かりが窓から差し込み、明かりはあるが、煙が充満している。視界が悪い。そして、この煙で肺をやられる恐れがあることを日村は知っていた。

濡れた袖を口と鼻に当てて、右側を見る。あった。石油缶のような金属の缶が積み上げられている。

どうすりゃいいんだ……。

工場内に飛び込んだはいいが、溶剤の缶を守るにはどうしたらいいのかわからない。

幸い、火はまだ工場の中までは回っていない。煙を吸わぬように姿勢を低くして、日村は、工場内を歩き回った。

消火器を見つけた。

火があの缶に近づかないようにすればいいわけだ。

日村は消火器を構えた。

ぱりんと音がして、溶剤の缶のそばにある窓が割れた。そこから、炎が手を伸ばすように侵入してこようとする。

「くそったれが……」

日村は消火器のレバーを引いた。白い粉末が飛び出し、たちまち火を追い出した。

「ざまあみやがれ……」

だが、日村の勝利はつかの間のものでしかなかった。

すぐに消火剤が尽きた。すると、炎が様子を見るようにちろちろと顔を出し、やがてまた手を伸ばしはじめたのだ。

煙もどんどん濃度を増してくる。

室温も急激に上昇してきた。

日村は、何か手がないかと周囲を見回した。窓から侵入しようとする炎は次第に大きくなっていく。

炎が溶剤の缶に近づきつつある。窓枠が燃え上がったらお終いだ。

俺はここで死ぬのか……。

これまで、派手な抗争も経験したことはない。すべて阿岐本の人徳と世渡り上手のおかげだ。

だから、本当に死ぬほどの思いをしたことはまだない。

こんなところで死にたくないと切実に思った。何かないか。生き残る術は何か……。

日村は必死で周囲を見回した。うろたえていたせいだろう、何かにつまずいて転んでしまった。

そのとき、床を掃除するためのホースと蛇口を見つけた。転んで視線が低くなったおかげだ。それに飛びつきコックを捻ってみる。水がほとばしった。

ホースを差し込み、まず水をかぶった。

それからホースの先をつまみ、水が扇状に広がるようにして溶剤の缶に浴びせた。缶から湯気が上がる。

だが炎の勢いのほうが勝っている。じきに溶剤の缶は過熱し、引火するかもしれない。

だが、ここであきらめるのは嫌だった。

爆発するまであきらめない。日村は、腰をかがめて煙を避けながら、ホースから積み上げられている溶剤の缶に向かって水をまきつづけた。

こんな場所でなければ、老人が庭の草木に水をやっているような恰好に見えたかもしれない。

再びガラスが割れる音が聞こえた。もう一つの窓が割れてそこからも火が侵入を始めようとしていた。

とてもホースだけの水では勢いも量も足りない。

溶剤の缶から上がる湯気がさらに濃く立ちこめてくる。

煙も濃くなってきて、すでに呼吸が苦しい。室温はすでにサウナのようだった。

意識が遠のいていきそうだ。

歯を食いしばって頑張ったが、人間の力というのは限界がある。

ついに手に力が入らなくなり、ホースを取り落としてしまった。拾い上げようとするが、手が鉛でできているようで思うように動かない。

かなり煙を吸っているから、そのせいかもしれない。

これまでか……。

日村は思った。

激しい衝撃が工場全体を襲った。壁が揺れ天井がきしむ。

ついに、火の手が屋根まで回り、工場が崩れるのか……。

日村は思った。だが、どうも様子がおかしい。

壁を激しく叩くようなあの音は何だろう。

そう思っているうちに、窓からとてつもない量の水が飛び込んできた。たちまち溶剤の缶からもうもうと湯気が立ち上り、すぐにそれも多量の水で打ち消された。

水だ……。水だ……。

日村は茫然と床に座り込んでいた。

戸口のほうから激しい音がした。振り向くと戸が壊されて、誰かが入ってくる。

銀色の防火服に身を固めた消防士たちだ。その一人が近づいてきた。

「あんた、だいじょうぶか？」

全身の力が抜けた。エアのマスクを顔にあてがわれた。そのとき初めて、いままでいかに苦しかったかを悟った。

腕を抱えられて外に運び出された。外には小型の消防自動車が駐車していた。路地が細くて、大型のものは入って来られないのだろう。

消防士たちが忙しく行き交っている。

「もうだいじょうぶだ」

日村は肩を貸してくれていた消防士に言った。

「もうじき救急車が来る。病院へ行くんだ。煙を吸っている。気管や肺が火傷していることがある」

「それほど煙は吸っていない。だいじょうぶだ」

日村は消防士を押しのけて、周囲を見回した。

火を付けた三人組と健一、稔の姿がない。

テツが駆けつけた。

「だいじょうぶですか？」

日村はうなずいた。

「だいじょうぶじゃなくても、やることがあるんだ。あの三人組はどうした？」

「消防車がやってくるのを見て、三橋さんたちが事務所に連れて行きました」

さすが健一だ。心得ている。

「じゃあ、俺たちも事務所に行くぞ」

日村がテツを従えて、その場を離れようとすると、その前に荻原社長が立ちはだかった。

おそらく、まだ放火したのが俺たちだと思っているのだろうと、日村は思った。

「急いでいるんです」

日村は言った。「そこをどいてください」

「待ってくれ」

「あんたが信じるか信じないかは勝手ですが、私は本当のことを言っています。火を付けたのは私たちじゃない」

「わかっています」

荻原社長が日村を見つめて言った。

「え……？」

「あなたが、工場に飛び込んで行った姿を見てわかりました。だが……」

荻原社長は一度迷ったように言葉を切ってから言った。「だが、どうしてそこまで……?」

どうしてそこまで……。

その問いのこたえは一つではない。

「工場が焼けちまったら、私らの仕事がフイになっちまうんでね……」

「あんたは、二度工場を救ってくれた。借金まみれの工場を救ってくれ、火事からも救ってくれた」

「江戸の昔から火消は私らみたいなモンの仕事でしてね……」

そのとき、テツが背後から言った。

「発注がまた減っているでしょう」

荻原社長は、ちょっと恥ずかしそうな顔になった。

「実はそのとおりなんだ。一時期持ち直したんで、いい気になっていた……」

「もう一度、僕たちに手伝わせてもらえませんか?」

荻原社長はぽかんと、テツの顔を見た。

それから、日村に眼を転じて言った。

「どうしてそこまで……。いや、これはもう訊かないことにする」

社長は頭を下げた。「このとおり、お願いする」

日村は言った。

「いいでしょう。ただし、今度はただというわけにはいきません。それなりのコンサルティング料をいただきます」

「わかった」

日村はうなずいた。

「急ぎますんで、これで……」

「警察には何も知らないと言っておくよ」

日村はなめられないように、できるかぎり凄味のある笑みを浮かべた。

「助かります」

荻原社長は少しだけ怯えた顔になった。これでいい。堅気との馴れ合いはいけない。お互いのためにならない。

消火の現場を離れようとすると、一番苦手なものが眼に入った。パトカーだ。だが、警察官たちは消防士と何やら真剣に話し合っており、日村のほうを気にしたりはしなかった。

どうやら、工場の火事は小火といえる程度で済んだようだ。

混乱している現場を離れると、突然目眩がした。緊張が解けたとたんに、おそろしいほどの虚脱感がやってきた。

「おい、テツ。タクシーを捕まえてくれ。事務所まで歩けそうもない」

「病院へ行ったほうがいいんじゃないですか?」

「少し休めばだいじょうぶだ。さ、早くしろ」

## 16

事務所では、やはり三人の若者がひとかたまりにされていた。暗くて服装がよくわからなかったが、三人とも黒い野戦服のようなものを着ている。

一人は前髪だけがやたらに長い金髪に近いチャパツだ。

一人は髪を短く刈っており、耳にいくつものピアスがついていた。顎ひげを生やしている。

もう一人も髪は短いが、こちらは金色に染めている。

稔と健一は、事務所に連れ込んでからも、適度に痛めつけていたようだ。三人からは反抗的な眼差しすら失せていた。

タクシーの中ではぐったりしていたが、事務所に着いて、三人の悪ガキを見ると多少気分がしゃんとした。

日村は三人に言った。

「俺たちみたいのを敵に回してうれしいか？」

三人は怯えきった眼を日村に向けている。誰も何も言わない。

「甲子園球児がメジャーリーグと一戦交えてみたくなるって気持ちもわからないじゃないが

な……」

　ピアスに顎ひげのやつが必死の形相で言った。

「敵に回すだなんて、考えてもいなかったんだ。俺たちはただ雇われただけだ」

「俺のこの恰好を見ろよ。スーツはぼろぼろだし、あっちこっち火傷している。俺をこんな恰好にしたのはおまえたちだ。今さらそんな言い分は通用しないんだよ」

「本当に何も知らなかったんだ」

「口のきき方がなってねえな。どんな教育受けてきたんだ？」

「何も知らなかったんです」

　三人を観察し、力関係を読み取っていた。今しゃべっているピアスに顎ひげはナンバーツーだ。

　腹の据わり具合からすると、前髪の長い茶髪がリーダー格だ。そして、短い金髪は一番下っ端だろう。

「大仕事の後で悪いんだがな」

　日村は言った。「しばらく帰れないからくつろいでくれ」

　日村が合図をすると、健一、稔、テツが手分けして三人を粘着テープでぐるぐる巻きにしはじめた。暴れたり逃げたりする恐れはまずないが、念のためだ。

　おしゃべりなピアスに顎ひげは震え上がった。

「俺たちを消すつもりか……？」

「言葉遣いに気をつけろと言っただろう」

ピアスに顎ひげは完全にうろたえてわめきはじめた。

「俺たちにこんなまねすると、ただじゃすまねえぞ」

「ほう」

日村は言った。「どういうことになるんだ？　ケツ持ちの組の名前でも言うつもりか？　看板出したからには、こっちも退けなくなるぞ」

「そんなんじゃねえ。こいつのオヤジはな、刑事なんだ。それもマル暴の刑事だ。おまえらパクられるぞ」

一番格下らしい金色の短髪を指差していた。

すると、前髪の長いリーダー格が言った。

「ばかやろう。余計なことは言うな」

日村は言った。

「こいつはたまげたな……。その刑事とやら、息子が放火魔だって知ったらどうするかな……」

ピアスに顎ひげは無言で眼をそらした。

刑事の息子だって……。もっとましな嘘のつきかたがあるってもんだ。

日村は鼻で笑った。

「健一、稔。丸橋を引っ張ってこい」

二人は即座に事務所を出て行った。

「こんな時間に、どういうつもりだ？」

丸橋は事務所に入るなり、日村に嚙みついた。だが、粘着テープで身動きがとれなくなっている三人を見ると、たちまち顔色が変わった。

健一と稔が出口を固めている。

丸橋は、あきらかにうろたえていたが、それを顔に出さぬように努力していた。

「これはどういうことだ？　何のまねだい？」

日村は丸橋に言った。

「この三人を知っているな？」

「知らないね。誰だい、そいつら」

「あんた、誠意という言葉を知っているか？」

「何だって？」

「あんたがそれを知っていてくれたら、俺も事を穏便に済ませるつもりだった。だが、そういう誠意のない態度だと、こっちもやり方がある」

日村は凄んだ。

なにせ、スーツはぼろぼろで顔や手は煤だらけといった情けないありさまだ。普通なら凄んでも効果はないかもしれない。

だが、丸橋には効き目があるだろう。どうして日村がこんな恰好をしているか、丸橋にはわかるはずだ。

案の定、丸橋は慌てはじめた。

「いや、違うんだ。ちょっと、手違いがあってな、聞いてくれ……」

何か言い訳を考えているらしい。日村は、黙って聞いていた。

だが、丸橋は結局うまい言い訳を考えつくことができなかったようだ。

突然、土下座をした。

「すまない。許してくれ」

日村はしばらく黙って丸橋を見下ろしていた。

「あんたに楯突くつもりはなかった。本当だ。町工場のオヤジになめられたのが悔しかったんだ。それに、工場が焼けたとなりゃまた俺のところで金を借りざるを得なくなると踏んでのことだ。勘弁してくれ」

どんな工場だって保険くらいは入っているだろう。工場が焼ければかえって負債が少なくなるかもしれない。それくらいのことも考えつかないのだろうか。

日村は不思議に思った。

やはり、怒りと欲に目がくらんだのだろう。日村が腹を立てることすら頭に浮かばなかったのかもしれない。

「勘弁してくれで済む問題じゃない。死ぬ覚悟はできてるんだろうな」

丸橋は信じられないものを見るような顔をした。

「まさか、俺を殺すってのか……」

「恥をかかされて、そのまま済ましてちゃ、俺たちの稼業はやっていけない。けじめをつけてもらう」

「助けてくれ。二度とこんなことはしない」

「生命保険、入ってるな？　せめて家族のことを考えてやらねえとな……」

丸橋はがくがくと震えはじめた。

日村は健一に言った。

「例の場所、だいじょうぶか？　四人ほどバラして足がつかないのは、あそこしかねえ」

健一はちょっと間を置いてから言った。

「だいじょうぶでしょう。遺体の焼却もすぐできますから……」

日村は噴き出しそうになるのをこらえていた。「例の場所」なんてあるわけがない。日村は人を殺したことなどない。でまかせだ。もちろん健一とは事前に打ち合わせなどしていない。

健一は咄嗟に話を合わせたに過ぎない。

だが、こういうやり取りは脅しとしてはいたって効き目がある。

丸橋は再び土下座した。

「勘弁してくれ。このとおりだ。命だけは助けてくれ」

粘着テープで縛られた三人も泣き出しそうな顔をしている。実際、一番格下らしい金色の短髪はすすり泣いていた。

日村は丸橋に言った。

「俺たちが一番大切にしているものは何だかわかるか？」

丸橋はこたえない。

「おまえらは金がすべてだろうが、俺たちはそうじゃない。面子が一番大切なんだ。おまえは、その一番大切なものに泥を塗ったんだ。わかってんのか」

「申し訳ない」

丸橋は土下座したまま言った。「このとおりだ」

「忠告したはずだ。俺を怒らせるなと。だが、おまえは俺を完全に怒らせた。もう、死ぬしかねえんだよ」

「勘弁してくれ。助けてくれ。命を助けてくれたら何でもする」

「何でもするだと？」

「ああ」

日村は軽く靴の先で丸橋の顔を蹴り上げてやった。それだけで、丸橋はひいと声を上げて後ろにひっくり返った。

日村は初めて怒鳴った。

「そういうことを軽々しく言うんじゃねえ」

「じゃあ、俺が死ねと言えばおまえは死ぬのか？　できもしねえことを言うんじゃねえ」

「はい」

かなり薬が効いてきたようだ。このへんで手を打つとしよう。なにせ、日村も疲れている。

全身のあちらこちらに火傷があるので、病院へも行きたい。

「まあ、俺も鬼じゃねえ。おまえが反省しているというのなら、命だけは助けてやってもいい」

「はい……」

丸橋は顔を上げた。その顔が涙と鼻水でべしょべしょになっている。

「五百万だ。それで手を打ってやる」

「五百万……」

丸橋は、口をあんぐりとあけた。金の亡者（もうじゃ）の丸橋にしてみれば、身を切られるほどの思いだろう。

「不服か？　なら、死ぬか？」

「いえ、払います」

「すぐに現金で用意しろ」

「こんな夜中に……」

「なんとかしろ。金貸しだろう。一時間以内に事務所に持ってこい」

「そんな……」

「一分でも遅れたら、死んでもらう。いいか。金で済ませるというのは俺の温情なんだ。さあ、時間がないぞ。ほら、もう三十秒たっちまった」

丸橋は、ぴょんと立ち上がり、戸口に向かった。

「礼の言葉はねえのか？」

日村が言うと、丸橋は戸口で最敬礼して言った。

「ありがとうございました」

事務所を飛び出て行った。

丸橋が出て行くと、日村は転がっている三人を見て言った。

「さて、雇い主の件はこれで片づいた。問題はおまえたちだ。雇い主は金で話をつけた。だが、おまえたちに金が払えるとは思えない。やっぱり死んでもらうしかないかな……」

金髪がすすり泣き、それがピアスに顎ひげのやつにも伝染していた。

このまま放り出してもいい。もう充分に痛めつけたし脅しもかけた。そう思ったとき、日村はふと気になった。

「おい、おまえ。オヤジが刑事だというおまえだ」

すすり泣いている金色の短髪がぎょっと日村のほうを見た。

「おまえ、名前は？」

「カズオです」

「苗字は？」

「藤木……」

日村と健一は顔を見合わせていた。

「おまえら、池袋あたりでつるんでいるのか？」

「はい。あの闇金のオヤジには、池袋で声をかけられました」

「オヤジが刑事だってのは、どうやら本当のようだな……」

「本当です」

「マル暴の刑事をやってるんだな？」

「そうです」

とことんついている。日村はそう思った。こんなところで、藤木の息子を捕まえられるとは思ってもいなかった。

阿岐本のオヤジのツキのおかげだ。日村は心底そう思った。

日村は言った。

「おまえに一働きしてもらう。あとのやつは帰っていい。このカズオってやつに感謝しろ」

残りの二人はぽかんとしている。

「おい、テープを外してやれ。いいか？　おまえら、命が惜しかったら二度とうちのシマに近づくな」

粘着テープから解放された二人は、立ち上がり、どうしていいかわからぬ様子で、藤木カズオと日村を交互に見ている。

「帰れと言ってるんだ。こいつはしばらくあずかる。こいつのおかげで命拾いしたと思え。さあ、行け」

二人は、カズオに何か言いたそうにしていたが、結局何も言わずに事務所を出て行った。

一人残されたカズオは、ますます不安そうになった。

日村はカズオに言った。

「心配するな。おまえには取引の材料になってもらうだけだ。今日はここに泊まっていってもらう。おい、健一、こいつを奥に閉じこめておけ。絶対に逃がすなよ」

「わかりました」

「俺は、ちょっと病院に行ってくる」

車を運転する自信がなかった。タクシーに乗って、夜間の受付をしている病院に向かった。

夜間受付にたどり着き、診てくれと言おうとしたとたん、日村は気を失っていた。

## 17

目覚めたのは病院のベッドの上だった。体のあちらこちらに包帯が巻かれている。顔にもガーゼが当てられ、絆創膏でとめてあった。

ベッドから起き出してナースをつかまえるとすぐに医者がやってきた。全身のいたるところに火傷があるがいずれも軽いものだという。

火事があったのだと話すと、医者はうなずき、気管に煤がついていたと言った。煙を吸ったのだが、幸い気管や肺に火傷はないとのことだ。気を失ったのは極度の緊張から解放されたせいかもしれないと医者は言った。

そうなれば、病院でぐずぐずしている必要はない。

すぐに病院を出て事務所に行った。赤い眼をした健一とテツがいた。二人とも徹夜したようだ。稔は朝早くにオヤジの車を運転して梅之木書房に行ったという。

「丸橋のやつは五百万もって来たか?」

尋ねると健一がうなずいた。

「はい。耳を揃えて……」

「一千万くらいふっかけてやればよかったのに……」

「よし」

「そうかな……」

貧乏性が出たのかもしれない。

事務所に吊してあったスーツに着替えた。やはり黒いスーツだ。着替えると多少気分がしゃんとした。

日村は、事務所から砂山弁護士に電話をした。

「ああ、連絡を待っていたんだ」

砂山は言った。「国江田組に行って話を聞いてきた。厳密にいえば贈収賄に当たるような接待を何度かやっているようだ。だが、その証拠を提示してくれと言ったら断られた。ヤクザ者の仁義も地に落ちたな」

「迷惑はかけないという約束なんです。それより、耳寄りの情報が……」

日村は、昨夜の放火の件とその実行犯の中に藤木の息子らしい少年がいることを伝えた。

「それは確かか？」

砂山の声が興奮をはらんだ。

「間違いありません」

「だとしたら、それは取引に使えるぞ」

「私もそう思います」

「『週刊プラム』のキャンペーンや梅之木書房のビラ配りで、藤木はかなり追いつめられているはずだ。よし、私は藤木に会見を申し込む。場所はどこがいい？」

「そうですね……」

日村はしばらく考えた。「梅之木書房の社長室がいいでしょう。オヤジ、いや社長にも同席してもらったほうがいい」

「わかった。話がまとまったら電話する」

「携帯へお願いします」

「了解だ」

電話が切れた。

「梅之木書房に行ってくる」

日村は健一に言った。「藤木に会談を申し込む。取引だ。うまくすれば、真吉を救えるかもしれない。俺が連絡したら、梅之木書房の社長室に藤木の息子を連れてこい」

「わかりました。あの……」

「何だ？」

「代貸、だいじょうぶですか？」

健一は、包帯だらけの日村を見て心配しているのだ。

「だいじょうぶもへったくれもあるか。こいつは戦争だぞ」

「はい」

「おまえら、交替で眠っておけ。いざってときにへまやらないようにな」

車に乗り込むと胸がうずいた。咳をすると黒いタンが出た。昨日の名残だ。煤まみれになり火傷を負った。だが、収穫は大きかった。

五百万は悪くない。しかも、真吉の件で恰好の取引材料を手に入れることができた。収穫としてはこちらのほうが大きい。

日村はほくそえんで車を出した。


梅之木書房に着くと、ぼろぼろに疲れた様子の片山にエレベーターホールで会った。聞くと校了間近だという。

日村はいまだに校了というのがどういうものか知らずにいる。

「その後、進展は?」

片山が尋ねた。

「取引材料が手に入りました」

「本当か?」

「今日中にも藤木に取引を持ちかけることになるかもしれません」

「俺も同席する」

「もうすぐコウリョウでしょう?」

「かまうもんか。席にいる。必ず連絡してくれ」

片山と別れて自分の席に向かった。

金平は、悲しげな顔で日村に報告に来た。

「すいません。役に立ちそうな情報は、まだないんです」

「ひょんなことから、有力な材料が手に入りました。社長室で交渉することになると思います」

「ほう……」

「砂山弁護士からの連絡待ちです。私はこれから、社長にこれまでの経緯を説明してきます」

「わかりました」

日村は、阿岐本の部屋を訪れた。

「おう、何だその包帯は？」

日村を見ると阿岐本が尋ねた。そういえば、会社に来てから包帯のことを言われたのは初めてだ。みんなヤクザが怪我をするのはあたりまえと思っているのかもしれない。それとも怖くて何も聞けないのだろうか……。

日村は、昨夜の出来事と藤木の息子を捕らえていることを説明した。

「それで夜中にばたばたしてやがったんだな。おかげで、こっちは寝不足だぞ……」

「すいません」

こっちは寝不足どころじゃないんだが……。

「警察（ヒネ）は取引には応じねえぞ。わかってんのか？」

「藤木の目的は、真吉を起訴することじゃありません」

「なるほど」

「おやっさんにも、藤木との話し合いに同席してもらいたいんですが。場所はここで……」

「わかった」

それで話は終わりだった。

日村は、社長室を出て席に戻った。なんだか、この席に戻ると落ち着くようになってきた。

息子を取引材料にするからには、一発勝負だ。もう後はない。失敗すれば、真吉を取り返せないばかりか、こちらも恐喝や傷害、逮捕監禁の容疑がかけられる恐れがある。

すべては砂山の仕切りにかかっている。

さすがに緊張していた。大ばくちだ。

金平は、落ち着かない様子でちらちらと日村のほうをうかがっていた。それを見ていると、日村も落ち着かなくなってくる。

砂山から電話が来たのは、午後一時だった。藤木が我々の話を聞きにくるという。時刻は午後五時。

日村はそのことを、金平と片山に知らせた。そして、健一に電話してその時刻に藤木の息子を連れてくるように言った。

社長室には、阿岐本、日村、片山、金平が顔をそろえて、藤木を待ち受けていた。藤木の息子はすでに社に着いており、応接室に健一の監視付きで閉じこめてある。

五時を少し過ぎた頃、砂山が藤木を伴って社長室にやってきた。

部屋に入るなり、藤木は言った。

「おう。俺を呼び出したからには、少しは気の利いた話が聞けるんだろうな」

砂山弁護士が言った。

「まあ、かけてください」

藤木は、社長室の一同をひとりずつ睨み回してから応接セットに腰を下ろした。

阿岐本は社長の席にいる。藤木と向かい合うように砂山が座った。日村はそのとなりに腰を下ろした。

金平と片山は窓際に立ったままだった。

「もう充分じゃないですか？」

砂山が話の口火を切った。

藤木がじろりと砂山を睨む。

「何の話だ？」

「たしかにあなたは、志村真吉に殴られ、蹴られた。しかし、それ以上のことを警察でおやりになったでしょう？」

「何の話だ？　俺にはわからねえな」

「あなたは、まだ志村真吉について検察に送る手続きをまったくしておられない」

「まだまだ取り調べる必要があるんでな」

「送検などどうでもいいのでしょう？」

「そりゃどういう意味だ？　おい、俺を呼んでおいて、俺の仕事のやり方に文句をつけるってのか？」

砂山はひるまなかった。

「あの逮捕は明らかに違法です。裁判になったら、私はそれを証明するために全力を尽くします。そうなれば、本庁警務部の監察官も黙ってはいない」

「ふざけたこと言ってんじゃねえぞ」

藤木は強がっている。だが、動揺しているのは明らかだ。好き勝手やっているようでも、警察官は組織の論理で動いているのだ。組織に見放されるのが何より恐ろしいはずだ。

「しかし、私はそこまでやることはないと考えています」

押してから引く。砂山は呼吸を心得ている。

「どういうことだ？」

「今、志村真吉さんを釈放してくれれば、逮捕からの人権問題には目をつむりましょうと言っているんです」

「てめえ、俺と取引しようってのか？」

「世論もうるさい。警察の上層部も黙ってはいられなくなると思います。悪い話ではないと思いますが……」

「話はそれだけか？　俺は帰るぞ。釈放だと？　夢でも見てやがれ」

砂山は溜め息をついてから、日村のほうを見た。いよいよ日村の出番だ。

「昨日の夜……。正確にいうと今朝の未明のことですが、下町のある町工場で放火事件がありまして……」

「あ……？」

藤木は突然話題が変わったので、不審そうに顔をしかめた。

「たまたま私がその放火犯グループを捕まえましてね。その一人をここに連れてきているんですが……」

「火付けなら強行犯係に言ってくれ。俺は関係ねえ」

日村は窓際に立っている金平にうなずきかけた。金平はすぐに部屋を出て行った。藤木は、不機嫌そうにその姿を眼で追っていた。

金平はすぐに戻ってきた。

その後ろには、金色の短髪の少年がいた。顔が腫れ、唇が切れている。腕を健一がつかんでいた。

日村は藤木を観察していた。顔に動揺が見て取れるものと思っていた。だが、不機嫌そうな藤木の表情は変わらない。

藤木が言った。

「誰だ、そいつは……」

その言葉を聞いて日村は背筋が冷たくなった。

しまった。人違いか……。藤木という名の別の刑事がどこかにいたのかもしれない。

藤木に少々グレている息子がいるというので、カズオが息子だと思ってしまった。そういえば、父親の名前の確認を怠っていた。

砂山も、どういうことだ、という顔で日村を見つめている。

脇の下にじっとりと汗が滲んできた。

俺はとんでもない失敗をしでかしてしまったのか……。真吉を救うどころか、この件に関わった全員を犯罪者にしてしまうかもしれない。

長い沈黙。

日村は、この場をどうおさめようか苦慮していた。どうしようもない。うまく切り抜ける方策など思いつかない。

砂山弁護士も言葉が浮かばないようだ。

日村は無意識に阿岐本の顔を見ていた。阿岐本の表情は変わらない。何も考えていないようにさえ見える。

日村が敗北感にうなだれたとき、カズオが言った。

「父さん。ごめん……」

日村は、はっと顔を上げた。

藤木の顔を見る。苦痛に耐えるように歪んでいた。

日村は、唾を飲み下してから言った。

「あなたの息子さんですね?」

藤木はそっぽを向いた。

「そんなやつは息子でも何でもねえ……」

カズオはもう一度言った。

「父さん……」

藤木は日村を見た。

「放火犯だって?」

「くだらない闇金業者に金で雇われたんです。まあ、幸い小火で済みました。もちろん、地元の警察には知らせていません。私らのほかには目撃者はいませんし、事情を知っている工場の社長も警察には言わないと約束してくれています。一回こっきりの火付けならまず地元の警察の捜査が息子さんに及ぶことはないでしょう。お蔵入りですよ」

「闇に葬るというのか?」

「あなたが、真吉を帰してくれるのなら、このまま息子さんをお渡ししますよ」

「俺は警察官だぜ。息子の火付けをもみ消すと思うか?」

「それはあなたの問題です」

「俺はそんなきたねえ取引には応じねえ」

「ここで息子さんを救ってあげなければ、息子さんはだめになりますよ。ヤクザ風情が言えたこっちゃないですが、息子さんを私らみたいにしたいのですか？」

藤木はふんと鼻を鳴らした。

彼にとっても難しい選択なのだ。

突然、阿岐本が言った。

「藤木さんでしたね……」

藤木は、阿岐本のほうを見た。

「阿岐本組の組長だな？」

「梅之木書房の社長です。だが、あなたは、それが気にくわないのでしょう。あなたの署の管轄で、私みてえなものが会社の社長をやっているというのが……」

「ああ、気にいらねえな」

「わかりました」

阿岐本はあっけらかんと言った。「私が社長を辞めます。それで手を打ちましょう」

日村は驚いた。

片山が思わず声を上げた。

「社長、そりゃだめだ……」

阿岐本は言った。

「警察にも面子がある。藤木さんの面子も立ててやらにゃあな……。こっちばかり勝手なことを言ってもはじまらねえ」

その言葉が、藤木の引き際を作った。

藤木が言った。

「あんたらが、この街から出て行くっていうのなら、俺は文句はねえ。あんたんとこの若いのを返してやってもいい」

日村は、砂山を見た。

砂山はうなずいた。

「では……」

日村は言った。「これで、話はまとまりましたね」

藤木は苦い表情のまま立ち上がった。それから無言で出口に向かった。カズオは下を向いて佇んでいる。

戸口で立ち止まった藤木はカズオに言った。

「来い」

カズオは日村を見た。日村がうなずくと、カズオは逃げるように藤木のもとに駆けていった。

二人が出て行くと、部屋の全員が阿岐本に注目していた。

片山が言った。

「社長や日村さんが来てから、会社の業績は跳ね上がったんだ……」

阿岐本は、片山を見て穏やかにほほえんだ。

「だからさ、もういいじゃねえですか。あたしの役割は終わったってことです」

日村は尋ねた。

「本当にいいんですか?」

阿岐本はこたえた。

「ああ。潮時だ。出版社ってのは、思ったほど面白くなかったしな……」

# 18

日村は、事務所で『週刊プラム』をめくっていた。

国江田のインタビュー記事が人気を博しているらしい。グラビアも真吉が引いた線を踏襲しており、決して下品ではなく、しかも男心をくすぐるものに仕上がっていた。

きっとカメラマンの小出ががんばっているのだろうと思った。

『週刊プラム』は、順調に発行部数を伸ばしているらしい。

『リンダ』は、与那覇夏海のインタビューとグラビアを掲載したということで、世間の話題をさらっていた。一気に一流ファッション誌の仲間入りをしたのだ。

あのしたたかな太田紅美子編集長のことだから、一発で終わることはないだろう。

さらに、このところ『あの橋を渡って』というタイトルの純愛小説が話題になっていた。長いこと鳴かず飛ばずだった作家の作品だが、じわじわと売り上げを伸ばし、ついにベストセラーの仲間入りをしたそうだ。

それが梅之木書房から出ていると知ったのは、つい先日のことだ。

きっと、あの小説だ。

日村はそのとき思った。

殿村が抱えていた原稿だ。彼は見事ヒットメーカーとなったのだ。

これも、阿岐本が人事で活を入れたからかもしれない。つまり、阿岐本は立派に梅之木書房を立て直したのだ。

ほんの短い間だったが、梅之木書房にいたときのことが懐かしく思い出された。

あのあと、真吉はぼろぼろになって戻ってきた。阿岐本組が梅之木書房から撤退することを決めたと告げると、真吉は、自分のせいで申し訳ないとぼろぼろと泣いた。

まさか、オヤジが飽きただけのことだとは言えなかった。

藤木の息子は自首をしたらしい。荻原精密加工の放火事件の関連記事で、少年が自首をしたと報じられていた。それが藤木の息子に違いないと思った。

藤木が息子にけじめをつけさせたのかもしれない。

痛快だったのは、そこから捜査の手が丸橋にまで及んだことだ。どうせただでは済むまいと思っていた。これも日村の計算のうちだった。

五百万払った上に御用だ。ざまあない。

「じゃあ、荻原精密加工に行ってきます」

テツが言った。脇にノートパソコンを抱えている。テツはすっかり荻原精密加工のコンサルタントになっている。けっこうな金を稼ぎ出してくれる。

「ああ、社長によろしくな」

テツとすれ違いに、外回りから真吉が戻ってきた。

「おお、ごくろう」

真吉のシャツの胸には万年筆がさしてあった。片山が、今度は退社記念に、と真吉に贈ったものだ。

真吉はいつもそれを胸にさしていた。

秋の日が差し込み、万年筆に反射してきらりと光った。

日村にはそれがやけに眩しかった。

# 参考文献

『ヤクザの実践心理術』　向谷匡史　KKベストセラーズ
『右翼・やくざ・総会屋　抱腹絶倒ホントの姿』　石神隆夫　KKベストブック
『現代ヤクザのウラ知識』　溝口敦　宝島社
『現代ヤクザのシノギ方』　夏原武　宝島社
『ヤクザが店にやってきた』　宮本照夫　朝日新聞社
『ウラ金融』　青木雄二　アスキー発行、アスペクト発売

本作品はフィクションです。実在の団体、組織、個人とは一切関係がありません。（編集部）

# 解説

石井啓夫

「ヤクザの世界って、結構、面白そう！」

頁を繰りながら、幾度か、そんな思いに捉われた。

本書『とせい』は、それ故に、極めて危険な小説と呼べるかも知れない。ことに、さまざまな社会的事由から青春を虚しく過ごしている若者にとっては、いっとき、人生を見直すカンフル剤となる虞れがある。ヤクザの話を読んで堅気が元気になるなんて！　道学者が聞いたら、さぞ眉を顰めるだろうが、そこがフィクションの魅力である。矛盾に溢れた現実社会の欺瞞を、誇張され美化された虚構世界の正義が告発する。最近のオタクや引き籠もり世代には、バーチャル・リアリティとかいって、我が家にいながらにして気に入りのフィクション世界に入り込み、孤独を癒してくれるパソコンやゲーム機が最大の身方なのだろうが、筆者の青少年時代には、親や学校からは歓迎されないヤクザ映画を見に行くことが現実社会の矛盾や受験地獄から逃避できる密やかな楽しみだったのである。一九六〇、七〇年代……。

石原裕次郎や高倉健が主演した映画である。筆者もそうだが、その頃の若者たちは、長い脚の片方を少し引きずり気味にトレンチコートの襟を立て、繁華街を風を切って歩く裕次郎の歩き方を映画館から出ると誰もが真似て歩いた。我慢に我慢を重ねた後、遂に堪忍袋の緒が切れて長どす片手に出入りに向かう健さんのまなじり決した表情にみんななっていた。なにかしら気分が高揚してくるのである。本書の読後感は、それに通じるようでありながら、実は似て非なる別な元気を齎してくれる。ハードでなくソフトに、しかも随所にユーモアが塗されている作品。それが、本書の特色である。

本書『とせい』は、紛れもなくヤクザ者を描いた話なのだが、では、ヤクザ小説かというと、どうもそれだけの括りでは解説できない多様性に充ちた作品である。筆者はそこにこの小説の深遠を見る。物語は、都内某所の路地裏に組事務所を構える阿岐本組の組長、阿岐本雄蔵と代貸の日村誠司（主人公で、物語は彼の視点から語られる）、四人組の若衆たち（三橋健一、二之宮稔、市村徹、志村真吉）が、闇金の返済を滞らせている町工場に追い込み（取り立て）に行ったり、倒産寸前の出版社の債権を掌中にして、立て直しを名目に乗り込んで行く、いわば大小二つのシノギの過程を描いている。ところが、阿岐本組長は、「ヤクザは地域の人々に信用されてこそ、稼業が成り立つのだ。……素人衆に信用されてこそ一人前の親分なのだ」が持論の侠客で、日村以下、子分たちもそこに惹かれ、小さな所帯ながら、盃を受けているのである。シノギの手法も、暴力一辺倒なステロタイプとは大いに異なる。

日村と共に町工場へ追い込みに行った市村徹、通称テツはパソコン通でそこから得た情報を頼りに、金策に困っている工場主に型抜きの技術を活かしたフィギュア造りを提案して、工場に活気を取り戻させる。一方、出版社には組長が社長、日村が役員兼出版局長で乗り込み、二十歳という一番若く、女性にモテる真吉こと志村真吉も連れて行く。編集の仕事が手伝えると彼は喜び勇んで、赤字週刊誌のグラビアへのアイデアを語り始める。編集長やカメラマンのマンネリ体質に真吉の意見は新鮮である。男性週刊誌がカラーグラビアで当然のように載せてきたヘアヌードはすでに読者に飽きられている。昔人気者で今、あまり仕事がないアイドルの露出を抑えたヌードに変えるべき。熱情ある素人の意見は、日常作業の繰り返しに追われ、視点が鈍った玄人編集者たちの発想の落とし穴をつく。作家として日頃から編集者や出版社の活動状況を観察している作者ならではの観察眼が覗くところだ。結局、このヤクザ者たちは、二件のまったく性格が分かれるシノギ物件にヤクザとして拘わりながら、二つの会社の業績と人間を蘇生させることに成功する。そして、ヤクザである彼ら自身にも、堅気で働くことの爽やかさをそれとなく感じさせている。裏稼業に生きる男たちが、表社会でも立派に役立つ姿を通して、作者は何を語ろうとしたのか。本書には、そのヒントがふんだんに潜んでいる。ヤクザ小説に留まらない魅力の所以である。

本書『とせい』は、二〇〇四年十一月、実業之日本社から四六判上製本として書き下ろし出版された。その時の帯には、極道小説と謳われていたが、筆者は意見を異にする。ヤクザとは、本来、社会生活において役に立たない、まともでない博打打ちなどを総称する言葉で、その中には極道、暴力団、任俠という表現も含まれる。本書は、前述したように裕次郎や健さんが生きた映画世界（任侠道）に括られるヤクザの話である。極道とか暴力団からは悪のイメージしか沸かない。弱きを助け強きを挫く、男伊達を意味する任侠道こそが相応しい。現代のヤクザを描きながら、心意気は健さんが活躍したひと昔ふた昔前の任侠の気質に染まっている。しかし暗さ、陰惨さは微塵もなく、陽光に向かう前向きな男たちの渡世である。ヤクザである彼らの世渡り術を表す「渡世」という言葉が、タイトルでは平仮名書きの「とせい」になっていることにも注目したい。

本書は、ヤクザたちのシノギの話を語る一方で、作者の多岐に亘る知識の蘊蓄が随所で披瀝されている。もちろん、まずは①ヤクザ入門書たる面白さである。ヤクザにはパンチパーマやスキンヘッドなど短髪が多いが、それは喧嘩の際に髪の毛を摑まれないための用心だという。顔付きに凄みを付けるため、彼らは日々、鏡を見て練習する。「ヤクザは役者と同じイメージ商売」と、作者は書いている。笑ってしまうというか、筆者としては心当たりがあってドキッとするが、ある柔道で有名な大学の柔道部の卒業生は、「頭のいいやつはヤクザになり、そうでもないやつは警察官になる」という話も出てくる。

②は、編集者ガイドブックとしての要素。組長や日村が乗り込んで行く出版社の編集部の描写は、作者の実体験が活かされているに違いなく、校了日の慌ただしいさまや文芸担当者の一般人とは明らかに違うスネ者的風情。彼らの仕事は、打ち合わせと称する作家の接待で文壇バーと呼ばれる銀座のクラブをまんべんなく回ることと紹介される。さすがに現在では、不況や合理性の時代を反映して文芸編集者の仕事はまず、作家と飲むことという風潮は廃れ

てきたが、筆者も曾《かつ》てある新聞社系出版社の編集者だったから、よくわかる。文中、ただの酒飲みとか独特な口利きをする男とか、所作《しょさ》万端、編集者たちのさまざまな描写のリアリティには、もしや彼はあの人のことでは？　などと想像できぬこともない。現実の編集者たちも、思わず心当たりを覚えて顔を赤らめてしまうこともあるだろう。作者の密やかな遊び心であろうし、いつも彼らに締め切りを追われている作者の復讐心、悪戯心かも知れない。筆者の編集者時代、先輩に園山勝久さんという人がいた。彼は当時、流行作家の五味康祐を担当していて、週刊誌で時代小説を連載中、毎週、文中で主人公の武士にメッタ斬りにされる人物のモデルにされたと嘆いていたのを聞いたことがある。悪代官、園山勝之進として一刀両断にされ、ある時は、お尋ね者、園田一久斎となって槍で串刺しにされるのである。

また、筆者がもっともシンパシーを感じた箇所は、飲んだくれで無能と思われている編集者に、役員である日村が「どんな小説がいい小説なんですか？」と尋ねると、彼は「私の好きな小説です」と答える。売れなくてもいい、自分が好きな作家に好きな話を書いて貰いたいんだと呟く件だ。筆者も昔、そんな思いで作家に接していたような気がする。その伝でいえば、本書は、作者と編集者がノリにノッて書いた小説だろう。面白さが傑出している。

③は、人生いかに生くべきかの手引き書であり、人生哲学書でもあるところ。ここに登場するヤクザたちは、組長や日村、若衆まで老いも若きも、みんな今流行りのフレーズでいえば、人生の〝負け組〟である。人生を踏み違えたチンピラのテツや真吉はしかし、仕事に意欲を持てなくなった社員たちに堅気で働くことの楽しさからアイデアを連発し、彼らに忘

れ掛けた仕事への情熱を思い出させる。自らもまた、再チャレンジ人生に目覚めるのである。もっとも、こんな、堅気より堅気的なヤクザたちが、実人生でヤクザよりヤクザ的で汚く狡く、法の下で暮らしている堅気たちを懲らしめ、生気を失ったサラリーマンたちに義理と人情、そして友情という互いを信じ合う心を目覚めさせる展開は、あくまで小説の中のファンタジーであろう。

しかし、本書に漂う社会的小説要素を、④として挙げることができる。本書はまた、現代の社会経済情勢の分析の確かさと人間観察眼に裏打ちされたヤクザと堅気、裏と表、人生の皮肉の狭間を映すことで夢を見、夢を信じることの大切さを教えている小説でもあるのだ。作者が、本書のタイトルと主人公たちに付した修辞にそれは、幽けく貼り付いている。『とせい』は「渡世」であって、東京の社会状況を指摘した「都政」に通じるかも知れないし、ヤクザたちの名前に込めた六文字が人生捨てたもんじゃない希望を湛える。阿岐本雄蔵に英雄の「雄」、日村誠司に誠実の「誠」、三橋健一に健康の「健」、市村徹に貫徹の「徹」、二之宮稔に豊稔の「稔」、志村真吉に真実の「真」を当てた訳は？　言葉遊びを超えた作者の祈りではないか、と筆者は解釈する。

最後に作者と筆者の関わりを少し。筆者が初めて作者である今野敏さんに会ったのは、二十数年前。編集者だった筆者は、その頃、ノベルスを担当していて、『怪物が街にやってくる』で第四回問題小説新人賞を受賞して数年経ち、すでに新進ミステリー作家として売り出し中の作者を徳間書店の編集者から紹介され、書き下ろし小説を依頼したのである。小説は一九八六年に『茶室殺人伝説』として刊行されたが、直後に筆者は配置替えとなり、その後の記憶が消えてしまった。が、精悍で筋肉質の好青年な作者の印象は忘れない。空手や音楽、茶道他に造詣が深く、趣味や趣向が多岐に及んでいて驚かされた。筆者はその後、編集者の道を離れたこともあって、出会う機会は訪れなかった。昨年だったか、本文中に触れた銀座の文壇バーの一つ、Sに久しぶりに顔を出した時、作者を偶然見かけた。挨拶は憚ってしまったが、見違えるほどの恰幅と貫禄で、作家生活の充実が漲っていた。曾て、作者は参議院選挙に出馬した経験があるが、本書で改めて作者の社会的政治的感性を目の当たりにするに及んで、再び、政治家への道に挑んで貰いたいとつくづく願う。面白く、おかしく一気に読ませてしまうエンターテインメント小説の書き手でありながら、登場人物たちに託して謳われるプラス志向の人生観は、これぞ、夢を失い掛けている現代の若者たちへの爽やかなアピールであり、作者の厳然たる政治家としての資質の現れでもあるのである。

（ジャーナリスト／元編集者）

『とせい』二〇〇四年十一月　実業之日本社刊
ＤＴＰ　ハンズ・ミケ

中公文庫

# とせい

2007年11月25日　初版発行

著　者　今野　敏

発行者　早川　準一

発行所　中央公論新社
〒104-8320　東京都中央区京橋2-8-7
電話　販売 03-3563-1431　編集 03-3563-3692
URL http://www.chuko.co.jp/

印　刷　三晃印刷

製　本　小泉製本


Published by CHUOKORON-SHINSHA, INC.
Printed in Japan　ISBN978-4-12-204939-0 C1193

# 中公文庫既刊より

各書目の下段の数字はISBNコードです。978－4－12（★印は4－12）が省略してあります。

こ-40-1
## 触　発
今野　敏
朝八時、地下鉄霞ヶ関駅で爆弾テロが発生、死傷者三百名を超える大惨事となった。内閣危機管理対策室は、捜査本部に一人の男を送り込んだ。
★203810-3

こ-40-2
## アキハバラ
今野　敏
秋葉原の街を舞台に、パソコンマニア、警視庁、マフィア、そして中近東のスパイまでが入り乱れる、ノンストップ・アクション&パニック小説の傑作！
★204326-3

こ-40-3
## パラレル
今野　敏
首都圏内で非行少年が次々に殺された。いずれの犯行も瞬時に行われ、被害者は三人組で、外傷は全く見られない。一体誰が何のために？〈解説〉関口苑生
★204686-6

こ-40-4
## 虎の道　龍の門（上）
今野　敏
極限の貧困ゆえ、自身の強靭さを武器に一攫千金を夢みる青年・南雲凱。一方、空手道場に通う麻生英治郎は流派への違和感の中で空手の真の姿を探し始める。
★204772-2

こ-40-5
## 虎の道　龍の門（中）
今野　敏
空手を極めるため道場を開く英治郎。その矢先、黒沢は帰らぬ人に。一方、凱の圧倒的な強さは自らの目算を外れさせ続ける……。ついに動き出す運命の歯車。
★204783-8

こ-40-6
## 虎の道　龍の門（下）
今野　敏
「不敗神話」の中、虚しさに豪遊を繰り返す凱。「常勝軍団の総帥」に祭り上げられ苦悩する英治郎。その二人が誇りを賭けた対決に臨む！〈解説〉関口苑生
204797-6

こ-40-7
## 慎　治
今野　敏
同級生の執拗ないじめで、万引きを犯し、自殺まで思い詰める慎治。それを目撃した担当教師は彼を見知らぬ新しい世界に誘う。今、慎治の再生が始まる！
204900-0

| 番号 | タイトル | サブタイトル | シリーズ | 著者 | 内容紹介 | ISBN |
|---|---|---|---|---|---|---|
| と-25-1 | 雪 | 虫 | 刑事・鳴沢了 | 堂場瞬一 | 俺は刑事に生まれたんだ――鳴沢了は、湯沢での殺人と五十年前の関連を確信するが、父は彼を事件から遠ざける。新警察小説。〈解説〉関口苑生 | 204445-6 |
| と-25-2 | 破 | 弾 | 刑事・鳴沢了 | 堂場瞬一 | 鳴沢了が警視庁にやってきた。再び現場に戻った彼は何を見たのか? 銃弾が削り取ったのは命だけではない。人の心の闇を描いた新警察小説。 | 204473-1 |
| と-25-3 | 熱 | 欲 | 刑事・鳴沢了 | 堂場瞬一 | 警視庁青山署の刑事として現場に戻った鳴沢了。詐欺がらみの連続傷害殺人事件に対峙する了の捜査は、Yの中国人マフィアへと繋がっていく。 | 204539-8 |
| と-25-4 | 孤 | 狼 | 刑事・鳴沢了 | 堂場瞬一 | 警官の一人が不審死、一人が行方不明となった。本庁の理事官に呼ばれた鳴沢了は事件を追うが……縺れた糸が、警察の内部腐敗問題へと繋がっていくのだった!! | 204608-4 |
| と-25-5 | 帰 | 郷 | 刑事・鳴沢了 | 堂場瞬一 | 葬儀の翌日訪ねてきた若者によってもたらされた、父唯一の未解決事件の再調査。遺された新潟を鳴沢了は疾る。書き下ろし。〈解説〉直井明 | 204651-3 |
| と-25-6 | 讐 | 雨 | 刑事・鳴沢了 | 堂場瞬一 | 連続少女誘拐殺人事件を追う鳴沢了。容疑者の起訴を終え、安堵したのも束の間、犯人を釈放しろという要求、そして事件が起こり……。書き下ろし。 | 204699-8 |
| と-25-8 | 血 | 烙 | 刑事・鳴沢了 | 堂場瞬一 | 勇樹がバスジャックに! 駆けつけた鳴沢が見たのは射殺された犯人だけ。NY、アトランタ、マイアミ――勇樹奪還のため、鳴沢が爆走する! 書き下ろし。 | 204812-6 |
| と-25-9 | 被 | 匿 | 刑事・鳴沢了 | 堂場瞬一 | 鳴沢の配属直前に起きた代議士の死亡事件。事故か他殺と判断されたが、地検が連絡してきて……自殺か他殺か。代議士の死を発端に浮かぶ旧家の恩讐に鳴沢が挑む! | 204872-0 |

各書目の下段の数字はISBNコードです。978－4－12（★印は4－12）が省略してあります。

と-26-1
妖説 源氏物語 壱
富樫倫太郎
鬼才・富樫倫太郎が描く妖しい「源氏物語」の世界。光源氏の子・薫中将と、同じく源氏の孫・匂宮を、次々と奇怪な魑魅魍魎が襲う！ 華麗なる平安伝奇物語。
★204538-X

と-26-2
妖説 源氏物語 弐
富樫倫太郎
光源氏の子・薫中将は自らの出生を悩む日々を送っていった。そんなある日、匂宮からある相談を持ちかけられる。それは知人が貰った妖しい「玉手箱」についてだった……!! シリーズ第二弾。
★204552-5

と-26-3
妖説 源氏物語 参
富樫倫太郎
薫中将は、遂に真実の父親を見つけだす。それは、薫の心にずっしり重くのしかかる事実だった。悩む薫を見守る匂宮たちだが……。その背後にはいつしか闇の手が迫っていた！ シリーズ第三弾！
★204582-7

と-26-4
すみだ川物語 宝善寺組悲譚
富樫倫太郎
江戸の片隅の裏店で肩を寄せ合って暮らす、父・慎吉と姉・お結、弟・善太。極貧ながらも精一杯生きる親子だが、そこには隠された大きな秘密があった……。
204815-7

と-26-5
すみだ川物語二 切れた絆
富樫倫太郎
執拗な強請りに大黒屋は伊之助に七蔵殺しを命じる。一方、命旦夕に迫る慎吉は遺言の様に自分の過去を語り始めた……。遂にお結の記憶の封印が解かれる……。
204830-0

と-26-6
すみだ川物語三 別れ道
富樫倫太郎
裂かれ、ばらけた糸は、また一つに繋がるのか……。慎吉の告白に苦悩するお結と善太。母の死に心揺れる伊之助はしかし、七蔵殺しの場に向かうのだが……。
204855-3

と-26-7
蟻地獄（上）
富樫倫太郎
女のために足を洗おうとする盗賊、甚八。頭目は大金を強奪すべく、大店に目をつける。押し込みの掟は皆殺し！ これを最後の稼ぎと覚悟する甚八だが……。
204908-6

と-26-8
蟻地獄（下）
富樫倫太郎
押し込みは成功したが、盗賊達は稼ぎを巡って殺し合う。頭目・仁兵衛への復讐を誓う雛次郎。そんな中、衝撃の事実を知らされた甚八は。〈解説〉縄田一男
204909-3